Paul Katsitis

AF220748

Mykonos Crime © 24

Lebendig begraben

Bisher erschienen in dieser Reihe (Deutsch/Griechisch)

Serie 1 Angelos und Alex

Mykonos Crime 1 Die Bestie von Mykonos
Mykonos Crime 2 Rache
Mykonos Crime 3 Tattoo
Mykonos Crime 4 Der Drei-Sterne-Mord vergr.
Mykonos Crime 5 Inzest
Mykonos Crime 6 Skalpell
Mykonos Crime 7 Hass
Mykonos Crime 8 Sturm über Mykonos
Mykonos Crime 9 Die Maske
Mykonos Crime 10 Abseits
Mykonos Crime 11 Glut
Mykonos Crime 12 Putsch

Serie 2 Angelos und Khaled

Mykonos Crime 13 Royals
Mykonos Crime 14 Trauma
Mykonos Crime 15 Khaled
Mykonos Crime 16 Spione
Mykonos Crime 17 Botschafter
Mykonos Crime 18 Libido
Mykonos Crime 19 Carneval

Serie 3: Angelos und Yariv:

Mykonos Crime 20 Darknet
Mykonos Crime 21 Yariv
Mykonos Crime 22 Pontifex
Mykonos Crime 23 Sisa
Mykonos Crime 24 Lebendig begraben

Bisher erschienen auf Englisch:
Mikonos Crime 1: Abducted
Mikonos Crime 2: Confusion
Mikonos Crime 3: The prince
Mikonos Crime 4: Spy
Mikonos Crime 5: Beast
Mikonos Crime 6: Nightkids
Mikonos Crime 7: Yariv (Dez)

Paul Katsitis

Mykonos Crime© 24

Lebendig begraben

Impressum

Titel: Shutterstock, Ölgemälde: Katsitis
Innenteil Shutterstock/ Ölgemälde Katsitis
Copyright Paul Katsitis 2020: **Der Inhalt als auch Buch- und Reihentitel sowie der Autorenname sind urheberrechtlich geschützt oder unterliegen dem Titelschutz. Jedwede Verwendung ist strafbar.**

© 2021
ISBN 9783752685206
Herstellung und Verlag: BoD - Books on Demand, Norderstedt

Angelos Nikakis, 31, ist nicht nur der Hauptkommissar auf Mykonos, sondern auch Bürgermeister der Insel.

Sein Ehemann ist ein Kollege:
Yariv Nikakis, 28, ursprünglich Kommissar in Athen. Beide trafen sich im Rahmen von Ermittlungen und verliebten sich ineinander. Da Yariv nur 1,75 m groß ist, ergab sich sein Spitzname von allein: Kleiner. Sein Hobby: die Malerei.

Abu Bakar, 38, beherrscht den Drogenhandel in der Ägäis. daher sind er und Kommissar Angelos Nikakis per se Feinde. Doch dann schließen die beiden ein Friedensabkommen der besonderen Art.

Gabriel Markarov, 35, ist Angelos´ rechte Hand im Rathaus. Er sitzt seit einem Schusswechsel im Rollstuhl. Da die Kugel eigentlich Angelos galt und sich Gabriel in die Schussbahn warf, fühlte sich Angelos verpflichtet, ihm zu helfen.

Khaled al-Mussawi, 27, war Angelos´ Ex-Mann und kam mit der Trennung nicht zurecht.
Er sinnt auf Rache.

Alexandros Mantzaris, 67, ist Amtsrichter auf Mykonos.

Antonis Migiakis, 55, ist griechischer Premierminister.

1

Varna, Schwarzmeerküste

David saß im Restaurant „Godzilla" am Varna-Beach und blickte auf das Meer. Der Strand war noch gut gefüllt, auch wenn es schon dunkel wurde. Er hatte seine Earphones in den Ohren stecken, hörte aber keine Musik.

Ein Mann, der am Strand Musik hört, ist unverdächtig. Ein Mann, der mit seinem Smartphone herumspielt, ist unverdächtig.

Lesen Sie niemals eine Zeitung und schauen Sie sich niemals um – ansonsten können Sie sich gleich ein Schild ‚Spion' umhängen, hatte sein Ausbilder eindrücklich gemahnt. Diese speziellen Earphones verstärken Außengeräusche, bieten also Deckung und Sicherheit zugleich.

David hörte das fröhliche Treiben auf dem Strand dennoch nicht bewusst.

Er war ein mittelgroßer Mann mit dunkelbraunen Augen, hohen Wangen und energischem Kinn.

Durchschnittliches Aussehen verleiht zusätzlichen Schutz. Unter seiner Kleidung verbarg er einen extrem leistungsfähigen Körper. Muskelberge waren in seinem Beruf eher hinderlich.

David musste sich zwingen, nicht einzunicken. Zu anstrengend waren die letzten 24 Stunden. Es war schon ein Wunder, dass er es bis Varna geschafft hatte, denn der Ausgangspunkt seiner Reise war Kiew.

Nach dem Treffen mit dem Herrn vom Marine-ministerium war er zwei Stunden lang U-Bahn gefahren. Durch kleine Ausgänge hinaus und durch noch kleinere wieder hinein. Immer im letzten Moment aus dem Wagen gesprungen. Als er sich sicher war, dass ihn niemand beschattet, lief er drei Kilometer zu Olgas Arbeitsstätte, ging scheinbar gelangweilt über den Parkplatz und drückte mehrmals den Türöffner. Nach zwei Minuten sah er blinkende Lichter. Da war er – der Peugeot. David stieg ein und entschuldigte sich in Gedanken bei Olga. Sie würde die Straßenbahn nehmen müssen.

Auf der Fahrt an den tristen Vororten Kiews vorbei, stritt er mit sich selbst. Wohin? Odessa oder Sewastopol? Er entschied sich für die E 95 in Richtung Odessa, wechselte dann aber auf die M 14 ostwärts.

Nach drei Stunden erreichte er bei Atamam die Grenze zwischen der Ukraine und der Krim. Eine Grenze, die nirgendwo eingezeichnet war, außer auf russischen Karten. Der Verkehr hielt sich in Grenzen und der Grenzer würdigte Davids gefälschtem russischen Pass keines Blickes.

 David hatte sich für die Krim entschieden, denn sie war der „Wilde Westen" Europas. Zwar hatten sich die Russen auf der Halbinsel breitgemacht, aber die Strukturen befanden sich noch im Aufbau und Sewastopol war praktisch eine Hafenstadt ohne Kontrolle. Die Ukrainer hatten viel zurückgelassen, was vom Nächstbesten übernommen wurde. Zum Beispiel ein Boot. Bevorzugt mit Kapitän, denn das Schwarze Meer war berüchtigt. In einer Spelunke hatte er schnell die Bekanntschaft von Andrej gemacht, der ein Fischerboot übernommen hatte, weil sich der Eigentümer schnell aus dem Staub machen musste. Fünftausend Dollar für eine Fahrt nach Varna waren happig, aber es war wichtig, schnell den nächstgelegenen Treffpunkt zu erreichen. Und das war Varna.

Keine telefonische Kontaktaufnahme, kein Betreten offizieller Einrichtungen. Folge exakt deinen Anweisungen. Wir können kein Flugzeug und keinen Hubschrauber schicken, hatte sein Chef gesagt.

Aber der Tag forderte seinen Tribut. Seit 36 Stunden war er nun auf den Beinen und David wurde müde.

Kommen Sie nur nachts. Ins „Hotel Caprice". Nehmen Sie sich ein Zimmer und kommen dann zu 612, lauteten die Anweisungen.

Ich habe es fast geschafft. Noch ein paar Stunden und das „Caprice" lag nur einen Kilometer entfernt.

Eine Stunde später stand David auf und ging durch die Grünanlagen zum „Boulevard Boris I".

Er überquerte die Fahrbahn und ging auf dem Gehsteig Richtung Süden.

Gleich.

Gleich würde er eine der wichtigsten Missionen der letzten Jahre erfolgreich beendet haben.

Ein Meilenstein.

Es war ein lauer Abend und gegen 22 Uhr bog David in die Straße ein, in der das „Caprice" lag.

Die Straße war leer, bis auf einen jüngeren Mann, der vor einer Apotheke stand.

David ging an ihm vorbei, als ihm plötzlich kalt wurde.

Achten Sie auf stehende Passanten. So etwas gibt es heutzutage nicht mehr. Alle sind im Stress. Achten Sie darauf, was der Passant tut. Liest er Zeitung? Dann sind Sie aufgeflogen. Früher lasen viele eilig Zeitung auf der Straße, weil sie zur Arbeit mussten. Heute schaut man auf das Smartphone. Schauen Sie immer genau hin. Eine Frau schaut ins Schaufenster eines Eisenwarenladens? Aufgeflogen. Ein junger Mann schaut ins Schaufenster einer Apotheke? Im Leben nicht. Achten Sie auf das Geschäft UND die Person.

Junger Mann und Apotheke.

David musste sich zusammenreißen, behielt aber die Geschwindigkeit bei. Er bog nach links ab und sah einen Taxistand.

„Zu den Thermen. 50 Dollar, wenn Sie fliegen!"

Der Taxifahrer war ein älterer Mann, der die Adresse nicht erst im Navi suchen musste.

Mit quietschenden Reifen fuhr er los, überfuhr zwei rote Ampeln. Niemand schien ihnen zu folgen.

David atmete durch. Er zog die 50 Dollar aus der Tasche und hielt sie dem Fahrer hin. Immer während der Fahrt zahlen.

Das Taxi hielt vor den Thermen.

Sie waren ein Ruinenfeld aus dem zweiten Jahrhundert, von den Römern erbaut. Ein Labyrinth, in dem David abtauchen konnte.

Er stand in der Dunkelheit unter einem Gewölbebogen.

„Einen USB-Stick können Sie sich in den Hintern schieben. Für manche von Ihnen ein Vergnügen, die anderen müssen einfach durch", hatte der Ausbilder gesagt. Die meisten hatten gelacht.

„Aber wir bevorzugen SIM-Karten. Diese können Sie schlucken. Achten Sie aber darauf, dass Sie vorher viel Speichel bilden, sonst findet der Funkmast nur eine Leiche!"

Gott sei Dank habe ich vorhin etwas getrunken, dachte David und entfernte das Pflaster unter der Achsel. Er löste die SIM-Card und legte sie auf die Zunge.

Einen kurzen Augenblick dachte er, die Karte ist in der Speiseröhre steckengeblieben, aber dann merkte er, wie sie nach unten rutschte.

Was mache ich jetzt?

Warten, dann Richtung Hafen und anrufen. Es ging nicht anders.

Gegen 9 Uhr nahm er ein Taxi, aus dem gerade Touristen ausgestiegen waren. Japaner. Immer in Eile und daher Frühaufsteher.

„Kreuzfahrt-Terminal", sagte David.

„Aber das ist gesperrt", sagte der Taxifahrer.

Eben deswegen, dachte David. Ich will zu den Telefonzellen. Gott sei Dank gibt es die in Osteuropa noch. Das Mitführen eines Handys hatte man David ausdrücklich untersagt. Die Nummer konnte er ohne Geld oder Karte anrufen. Früher hätte man das ein R-Gespräch genannt.

Es klingelte nur einmal.

„Haifa-Versicherung. Was kann ich für Sie tun?"

„Ich bräuchte ein Gespräch mit meinem Vertreter. Meine Kundennummer ist 5498001."

„Ihr Passwort zur Identifizierung?"

„Desiano15!"

David hörte, wie die Frau in ihre Tastatur hackte.

„Unser Vertreter kümmert sich gerne um Sie. Er heißt Anatol Dombrowski und wohnt in der Hafenstraße 15. Ich informiere ihn vorab, dass Sie ihn kontaktieren. Bitte weisen Sie ihn auf das Angebot D wie Dora hin. Ich hoffe, ich konnte Ihnen helfen!"

Das Gespräch war beendet.

Dank des dreimonatigen Gedächtnis- und Codetrainings konnte er die Informationen entschlüsseln.

Anatol heißt das Schiff. Hafen ist der Code für einen Liegeplatz. Und die Nummer minus 5, also 10.

Das Ziel wäre „Angebot D". Kurz überlegte David, welche Ziele man ihm genannt hatte.

Dann fiel es ihm ein.

„D" stand für Mykonos und der Kontakt heißt Angelos Nikakis. Der örtliche Kommissar und ein persönlicher Freund des Chefs.

David musste gut zwanzig Minuten gehen, bis er die Liegeplätze erreichte.

Die „Anatol" war eine kleine Rostlaube. Perfekte Tarnung. Aber das hilft wenig, wenn die Schalluppe untergeht, dachte David.

An Bord stand ein alter, verdreckter Mann und nickte nur mit dem Kopf.

Ein „Sajan", ein Helfer.

Der Mann sagte nur ein Wort: „Wohin?"

„Mykonos. Und bitte nicht den normalen Hafen", antwortete David.

„Geht´s nicht etwas näher? Außerdem bläst der Meltemi. Das wird mehr als ungemütlich. Und dann sieht man mal, dass diese Idioten in der Zentrale keine Ahnung von Seefahrt haben. Es gibt nur einen Hafen auf Mykonos", knurrte der Sajan.

David versuchte, sich an den letzten Aufenthalt auf Mykonos zu erinnern. Das war über zehn Jahre her, aber Agenten prägen sich automatisch überall mehr Details ein als ein gewöhnlicher Tourist.

„Südküste. Die Bucht von Kalo Livadi!"

„Nie gehört. Gott sei Dank gibt´s Karten!"

„Und schalten Sie Transponder und Handy ab. SIM-Karte raus", sagte David.

„Aber erst soll ich Ihnen ein Foto des Kontaktes zeigen, damit Sie ihn identifizieren können!"

Der Sajan reichte David sein Handy.

Oops, dachte David. Ein richtig schöner Mann.

Endlich mal ein Auftrag mit schöner Begleitmusik. Aber David sollte Angelos Nikakis nie kennen-lernen.

2

Mykonos, Rathaus, Zwei Tage vorher

Jener Angelos Nikakis, Hauptkommissar auf Mykonos und zusätzlich auch noch Bürger-meister der Insel, hatte größte Mühe seinen Kollegen von Lesbos zu beruhigen, aber er konnte es nicht. Besser: er wollte es gar nicht, denn er amüsierte sich.

„Nikakis, du bist ein Arschloch", polterte Papa-dopoulos. „Meine Insel ist ein einziger Virus und du verkündest in den Medien, Mykonos sei durchgeimpft. Ich hab noch nicht einmal eine Ampulle, Herrgott. Wo sind denn die ganzen Flüchtlinge?"

„Nach Mykonos ist es einfach zu weit", sagte Angelos.

„Bullshit. Das ist einer deiner miesen Absprachen mit dem Premier, diesem …"

„Arschloch? Ich bestelle ihm gerne deine herz-lichen Grüße. Und zu der Impfung: es ist doch klar, dass die wichtigste und schönste Insel ganz oben auf der Liste steht. Die restlichen Felsbrocken in der Ägäis kommen schon auch noch dran!"

Das Gespräch wurde abrupt beendet.

Angelos lachte laut.

Die Türe seines Amtszimmers öffnete sich und Gabriel kam in seinem Rollstuhl hineingerollt.

„Papadopoulos?", fragte er.

Angelos nickte.

„Das ist ein armer Kerl. Er muss um alles betteln, wären du alles bekommst, was du willst!"

„Ich kann auch nichts dafür, dass sich Premier Migiakis hat erweichen lassen. Außerdem ist er mein Freund", antwortete Angelos unschuldig.

„Von wegen. Du hast ihn wie immer genötigt. Und Migiakis bereut es bestimmt schon längst dich je getroffen zu haben", sagte Gabriel.

„Du vergisst, dass er mir einiges schuldig ist!"

„Was machen wir mit den restlichen Ampullen? Als Notreserve einlagern?", fragte Gabriel.

Angelos grinste.

„Ja. Bis auf eine. Die schickst du in einer Kühltasche zu Papadopoulos!"

Gabriel lachte laut.

„Das ist bestimmt das unterhaltsamste Rathaus Griechenlands!"

„Das will ich hoffen. Und jetzt macht der Herr Bürgermeister Feuerabend", sagte Angelos.

„Nach vier Stunden? Du solltest Überstunden geltend machen", meinte Gabriel süffisant.

„Und du solltest dich morgen auf Delos zum Steinezählen melden!"

„Fährst du immer noch mit Tempo 80 über die Uferstraße, um möglichst schnell bei Yariv zu sein?", fragte Gabriel grinsend.

„Mit 100", antwortete Angelos und ging die Treppe im Rathaus hinunter. Er war versucht, zum Auto zu rennen, nur damit er schneller nach Hause kam.

Beruhige dich. Er ist dein Ehemann. Er rennt dir nicht davon. Und hoffentlich erholt er sich bald von dem Trauma der Entführung. Gott sei Dank hat er nur einen Finger verloren. Ansonsten hätte er nicht mehr malen können.

Angelos parkte direkt vor ihrem Haus neben dem kleinen Stadion in Ornos. Er betrat das Haus und sah mit Freude, dass Yariv auf dem Balkon malte. Gott sei Dank. Noch ein paar Wochen bis zur Vernissage und es fehlen noch immer Bilder.

„Achtung! Ehemann!", sagte Angelos und schmiegte sich von hinten an Yariv.

„Ah, der Herr Bürgermeister", antwortete Yariv grinsend.

Angelos schaute auf das Bild und lachte.

„Ein kleiner Ausflug in den Realismus?"

„Gut erkannt. Du lernst schnell", meinte Yariv und freute sich, dass Angelos versuchte, sich einem Gebiet zu nähern, von dem er keine Ahnung hatte.

„Der Akt sieht nach mir aus, aber warum ist auf beiden Seiten ein großer breiter Streifen auf der Leinwand?"

„Weil beidseitig noch abstrakte Elemente hinzukommen. Außerdem ist es Sperrholz und keine Leinwand", sagte Yariv.

„Weil man auf Sperrholz auch 3D-Elemente hinzufügen kann. Du könntest meinen Hintern mit Knetmasse noch knackiger machen und dann mit Nägeln stabilisieren!"

„Bravo. Aus dir wird noch ein Kunstexperte. Leider geht es aber mit zwei Pinseln nicht weiter!"

„Wieso zwei?", fragte Angelos.

„Einen hab ich in der Hand, den größeren im Kreuz", antwortete Yariv und lachte. „Aber ich muss …"

„Das Bild fertigmachen. Gut. Dann entspanne ich mich auf der Liege und du kümmerst dich später um mich!"

Angelos zog sich aus und legte sich hin.

„Äh, Großer", sagte Yariv.

„Ja?"

„Du bist nicht mehr in der Villa am Berg!"

„Gott sei Dank. Warum?"

„Du bist nackt und wir haben Nachbarn!"

Angelos fuhr hoch und sah, dass sich beim Nachbarhaus die Gardinen bewegten.

„Oh nein. Die alte Stavrakis. Die hat mich schon mal angezeigt!"

Yariv lachte.

„Wieso? Weil du dich nackt präsentiert hast?"

„Ja", knurrte Angelos. „Aber ich wurde freigesprochen!"

„Na also. Außerdem ist Richter Mantzaris doch dein Freund. Der schmettert das ab!"

„Wird er nicht. Er liebt die Show und das Amtsgericht ist Theater, Gemeindesaal und Comedyclub zugleich. Und Alexandros ist der Intendant!"

„Soll das heißen, es wird vor Gericht über deinen Zauberstab verhandelt? Vor vollem Haus? Ich hätte gern Parkett, erste Reihe", sagte Yariv und lachte laut.

„Ich hoffe, er lässt sich erweichen", meinte Angelos. Aber er wusste: Richter Mantzaris würde sich diese Gelegenheit nicht entgehen lassen.

3

Nördliche Ägäis

Ich hasse das Meer, dachte David als sie in die Ägäis einfuhren. Der Meltemi, dieser grässliche sturmartige Wind, pfiff wie eine Polizeisirene und warf das Schiff hin und her.

Wobei: Boot traf es wohl besser. Diese Rostlaube würde bei der ersten großen Welle zerbrechen. Aber der Himmel ist wolkenlos, also käme zumindest kein Unwetter hinzu.

Das Hauptproblem aber war diese Karikatur von Kapitän. Dass man nach einer Flasche Wodka noch stehen konnte, war eine reife Leistung.

„Geht´s bitte auch ohne Alkohol?", blaffte David den Sajan an.

„Nö. Schon mal einen nüchternen Kapitän gesehen? Ich nicht. Außerdem habe ich eine fette Alte zuhause. Ob wir kentern oder nicht, ist mir egal. Ein Seegrab ist das, was sich jeder Seemann wünscht!"

David seufzte, sparte sich aber jede weitere Bemerkung. In zwei Stunden würde er festen Boden unter den Füßen haben.

Steuerbord sah er ein Boot, das schnell auf sie zusteuerte.

„Haben Sie eine Waffe an Bord?", fragte David. Der Sajan lachte.

„Sieht das nach einem Zerstörer aus?"

David griff zum Feldstecher und war beruhigt.

Das sich nähernde Boot trug die Aufschrift „CUSTOMS" – Zoll.

„Irgendwas an Bord?", fragte David.

„Nichts außer einer nervigen Jaffa-Orange", sagte der Sajan.

Das Boot drehte bei und man hörte eine laute Durchsage per Lautsprecher:

„GRIECHISCHER ZOLL. KONTROLLE. STOPPEN SIE DEN MOTOR!"

Das Boot drehte bei. Durch die Fender schlugen die beiden Schiffe nicht gegeneinander. Zwei Männer in Uniform sprangen über und sprachen mit dem Kapitän auf Griechisch. Seltsamerweise antwortete der Sajan klar und verständlich.

Reife Leistung nach den Mengen Wodka. Es sei denn …

David schaute zu dem anderen Boot und dann sah er es: die griechische Fahne hing verkehrt herum. Richtigen Zöllnern wäre das nicht passiert. Einer der vermeintlichen Zöllner registrierte das Entsetzen in Davids Gesicht und zog eine Pistole. Auch der zweite richtete seine Waffe auf David.

Auf dem Gesicht des Sajans erschien ein Lächeln.

„Denk nicht mal an Schwimmen. Wir sind mitten auf See. Los. Spring auf das andere Boot. Und keine Fisimatenten, sonst war das deine letzte Seefahrt", sagte einer der beiden „Zöllner".

David sprang hinüber, wo ihn ein dritter Mann erwartete und in Schach hielt.

Die zwei anderen sprangen ebenfalls hinüber und lösten die Seile.

David musste sich auf den Bauch legen. Dann fesselten sie ihm Arme und Beine mit Kabelbindern und ließen ihn liegen.

Zwei der Männer flüsterten einander zu.

Doch David verstand ein Wort.

Ein leises „Bäleh". Ja. Farsi.

Die Männer sind Iraner.

Ich werde Mykonos definitiv nicht lebend erreichen.

Doch wieder sollte sich David täuschen.

4

Sie ließen David eine Stunde in der prallen Sonne schmoren. Ich hätte mehr trinken müssen. Nun hörte er die Stimme seines Ausbilders: Trinken Sie bei jeder Gelegenheit. Der Körper kommt lange ohne Essen aus, aber nicht ohne Flüssigkeit!

Plötzlich kamen die zwei Männer zu ihm und begannen ihn zu treten. In die Nieren, in den Unterleib. David rollte sich zusammen, aber es half nichts.

„Wir haben nicht viel Zeit. Also müssen wir dich schnell zum Reden bringen. Das wird schmerzhafter als üblich. Wir können dies aber vermeiden, indem du redest!"

„Worauf ihr mich sofort tötet", presste David unter Schmerzen heraus.

„Damit hast du natürlich recht. Aber es geht um die Schnelligkeit der unabwendbaren Reise. Es liegt also an dir", sagte der Größere der beiden.
Ich sage nichts, dachte David.

„Ich stelle dir nur eine Frage: wo ist der USB-Stick?"
Gut, dachte David. Sie suchen nach einem Stick und keiner SIM-Card. Sie liegt gegen die Säure gesichert im Magen. Sie werden also nur im Enddarm suchen. Unangenehm, aber das gehört zum normalen Procedere bei Leibesdurchsuchungen.

Plötzlich stürzten sich die zwei auf ihn und rissen ihm die Kleider vom Leib, zerschnitten die Hose in Stücke. Dann packten sie ihn und setzten ihn auf einen Blecheimer.

„Du hast 15 Minuten, um ihn auszuscheißen", sagte der große Mann.

Der scharfe Rand des Eimers schmerzte David bereits jetzt.

„Danach müssen wir zu drastischeren Mitteln greifen!"

„Seit wann haben Iraner ein Faible fürs Fisting?", fragte David.

Der kleinere der beiden grinste.

„Du glaubst, wir wühlen uns durch Judenscheiße? Nein. Dafür haben wir Geräte!"

Er öffnete eine Ladeluke und zog ein Gerät heraus, das David zunächst nicht genau sehen konnte, weil ihn die Sonne blendete.

Dann erkannte er es. Es war ein Industriestaubsauger.

David brach der Schweiß aus. Das Ding würde sich an den Darmwänden festsaugen und sie zerreißen. Ich werde verbluten.

5

Mykonos, Amtsgericht am Alten Hafen

Das wird ein Riesenspaß", sagte Yariv, als er und Angelos zum Gericht fuhren. Schon auf dem Parkplatz am alten Hafen hatte sich eine Menschentraube gebildet.

„Was ist denn hier los? Gibt´s Karten für das Champions League-Finale?", fragte Yariv.

„Glaube mir. Es wird unterhaltsamer – außer für mich", knurrte Angelos.

Als sie den Gerichtssaal betraten, ging Angelos zum Richterzimmer, aber Richter Alexandros Mantzaris kam bereits in den Saal.

„Dafür bringe ich dich um", knurrte Angelos leise.

„Sei unbesorgt. Aber lass einem alten Mann eine kleine Freude. Die erste Verhandlung mit dir ist mittlerweile eine juristische Legende!"

„Auf meine Kosten", sagte Angelos und setzte sich auf die Anklagebank.

„Hinsetzen und Klappe halten", rief Mantzaris in den Saal und hämmerte auf den Tisch.

Er wand sich an Frau Stavrakis, deren Körperteile nur noch durch ihre Lederhaut zusammengehalten wurde. Und ihre Bösartigkeit.

„Also. Sie werfen dem Herrn Bürgermeister vor, sich absichtlich vor Ihnen entblößt zu haben. Glauben Sie, er tat es, um bei Ihnen sexuelle Gefühle hervorzurufen?"

Gelächter eins.

„Ich war früher einmal sehr attraktiv", sagte die Stavrakis.

„Ja. Zur Zeit der Türkenkriege", rief eine Stimme von hinten.

Gebrüll eins.

„Der Herr Bürgermeister ist ein hoch angesehener und beliebter Mann. Das sollte Ihnen bewusst sein!"

„Ich hab ihn nicht gewählt. Außerdem ist er ein Perverser!"

Mantzaris grinste.

„Was ist denn ein Perverser? Erklären Sie es mir. Ich kenne mich da nicht aus!"

Die Stavrakis zögerte.

„Schweinekram halt. Die stecken ... Ich kann es gar nicht aussprechen!"

„Es ist etwas vollkommen Normales. Zwei Männer dürfen sogar heiraten!", sagte Mantzaris.

„Keine Moral mehr. Unter den Militärs ..."

„Wir wissen, dass dies Ihre goldene Zeit war, Frau Stavrakis, aber wir leben nicht mehr im Jahr 1867, äh, ich meinte 1967!"

Gelächter zwei.

„Nun. Zur Überprüfung Ihrer Behauptung müssen Sie dem Gericht eine genaue Beschreibung des Corpus delicti liefern!"

Und da ahnte Angelos, was Mantzaris vorhatte.

Wieder druckste die Stavrakis herum.

„Groß und widerwärtig!"

„Das ist ja sehr detailliert. Mehr fällt Ihnen nicht ein? Das Gericht kann diesen Fall nur behandeln, wenn Ihre Aussage verifizierbar ist", sagte Mantzaris. „Fangen wir mit der Größe an!"

Hilfesuchend blickte sich Angelos um und sah Yariv an, aber der grinste über beide Backen.

„Keine Ahnung. Groß halt. Ekelhaft. Herrgott, ich habe keine Ahnung", bellte Eleni Stavrakis.

„Könnten Sie ihn zeichnen?", fragte Mantzaris.

Gelächter drei.

„Wollen wir auch sehen", rief es von hinten.

Stavrakis schüttelte den Kopf.

„Dann schätzen Sie einfach. Ein Yoghurtbecher hat zehn Zentimeter Höhe", gab ihr Mantzaris eine Hilfestellung.

Stavrakis zögerte.

„Na gut. Dann sind es … 40 Zentimeter Länge und zehn Zentimeter Breite! Vor allem ekelhaft!"

Nun konnte sich auch Mantzaris nicht mehr zurückhalten und lachte los. Im Publikum wurde gejohlt.

„Nun. Um die Angaben zu überprüfen, wird sich das Gericht zurückziehen und .. äh .. Hand anlegen. Herr Angeklagter, bitte!"

„Nichts da. Wir wollen ihn auch sehen", rief eine Gruppe, die sich als griechisches Nationalteam im Synchronschwimmen entpuppen sollte.

„Ruhe im Saal. Fünfzehn Minuten Pause!"

Kaum hatte Angelos die Türe geschlossen, kniff er ein Auge zusammen und knurrte:

„Du elender Knilch. Wenn du glaubst ..."

„Ach beruhige dich. Denk an meine Alte und lass mir ein wenig Freude. Außerdem schaffe ich dir die Stavrakis vom Hals", sagte Mantzaris grinsend.

Plötzlich ging die Türe auf und Yariv kam herein.

„Das ist das Richterzimmer, junger Mann!"

„Äh, Alexandros, das ist mein Mann, Yariv", sagte Angelos.

„Mehr als erfreut. Eine Augenweide. Wie machst du das bloß?", fragte Mantzaris.

Angelos grinste nur.

„Und? Was hat die Messung ergeben?", fragte Yariv.

„Du glaubst doch wohl nicht ..."

„Und ob. Ich will, dass jeder erfährt, was ich für einen tollen Mann habe", sagte Yariv. „Hat der Herr Richter ein Maßband?"

Der Herr Richter hatte. Und er grinste breit.

„Du spinnst. Wie soll ich denn ..."

Aber da war Angelos schon in die Falle getappt. Yarivs Zeigefinger strich über Angelos´ Schritt.

„Fünf Sekunden. Standard", sagte Yariv und öffnete Angelos´ Hose.

„GRUNDGÜTIGER", rief Richter Mantzaris mit weit aufgerissenen Augen.

„Junger Mann, meinen Respekt, dass sie noch leben. Früher nannte man das vor Gericht Pfählung!"

„Sehr witzig, Alexandros", knurrte Angelos. „Das ist manchmal sehr hinderlich!"

„Gut. Dann messen wir mal. Äh, 24 lang und 16 Umfang. Amtliche Messung abgeschlossen", sagte Yariv und wollte gehen. Aber Angelos hielt ihn am Arm fest.

„Dafür büßt du später!"

Als Angelos und Alexandros wieder alleine waren, sagte der Richter:

„So mein Bester. Alles einfahren, damit ich das Urteil fällen kann!"

„Aber bitte ohne Größenangabe!"

„Mal sehen", sagte Richter Mantzaris und grinste.

Zurück im Gerichtssaal.

„Die Sitzung ist wieder eröffnet. Frau Stavrakis, die Inaugenscheinnahme durch das Gericht ergab, dass Ihre Angaben unzutreffend sind!"

Aus den Reihen hörte man Zwischenrufe.

„Wie groß?"

„Wir wollen es wissen!"

„Es muss genügen, wenn der Richter verkündet, dass die Angaben der Zeugin falsch sind", sagte Mantzaris.

Nein, dachte Angelos. Das genügt nicht und ich ahne, wie es weitergeht.

„Ich protestiere", sagte der junge Anwalt aus Syros. „Der Richter muss darlegen, was die Inaugenscheinnahme ergeben hat. Schließlich könnte es unterschiedliche Meinungen darüber geben, was grob falsch oder nur knapp daneben bedeuten. Verschätzen ist keine Straftat!"

Richter Mantzaris lief rot an.

„Junger Mann. Juristische Gutachten überlassen Sie bitte Personen, die von Juristerei eine Ahnung haben. Da ich Ihnen aber keine Gelegenheit bieten werde, durch eine Berufung zusätzlich Geld zu verdienen, gebe ich Ihrem Einspruch statt. Aber nur, weil offensichtlich ein gewisses öffentliches Interesse besteht, gibt das Gericht das Messergebnis bekannt!"

„Bravo", riefen mehrere Zuschauer.

Angelos starrte Richter Mantzaris an.

Untersteh´ dich, dachte er.

„Die Messung ergab 24 cm, Umfang 16 cm!"

Ein lautes Raunen ging durch den Saal. Angelos lief rot an und Yariv bog sich vor Lachen.

„Frau Stavrakis. Sie leiden offenbar an Penisneid und haben sich zum wiederholten Male als Zeugin der Falschaussage und Verleumdung schuldig gemacht. Ich ordne daher die sofortige Unterbringung in einer psychiatrischen Anstalt an. Die Sitzung ist geschlossen!"

Das Publikum klatschte. Als Angelos und Yariv das Gericht verließen, klopften mindestens zehn Mann Angelos anerkennend auf die Schulter.

Das Synchronschwimmer-Team wollte sogar Autogramme.

Yariv bog sich den ganzen Weg bis zum Auto vor Lachen, während Angelos schmollte.

„Was hast du denn?"

„Was ich habe? Warte mal auf die Facebook-Einträge. Wahrscheinlich bin ich ab sofort Bürgermeister Long Dong", knurrte Angelos.

„Das ist ein toller Spitzname. Darf ich den verwenden?", fragte Yariv.

„Wie war das mit dem Pfählen?"

6

Yanis Kolokis fühlte sich wie erschlagen. Seit zwei Stunden wälzte er sich nun schon im Bett.

Von rechts nach links und wieder zurück.

Es wird nichts mehr mit Schlafen, dachte Yanis, also kann ich auch aufstehen.

Seit zehn Jahren plagten ihn Schlafstörungen. Und er wusste auch warum. Seit seine geliebte Irini von ihm gegangen war, fand er keine Ruhe mehr. Nichts hatte geholfen. Tabletten, Sport, selbst ein Schamane – niemand vermochte es, Yanis zu erlösen.

Wäre er Beamter, so hätte er vielleicht tagsüber das berühmte griechische Behördennickerchen machen können, aber: Yanis war Straßenbauarbeiter. Ein Knochenjob, besonders bei 40 Grad unter praller Sonne. Fünf Liter oben hineinschütten und fünf Liter über Kopf und Achseln wieder hinaus. Und das mit einem durchschnittlichen Schlafpensum von drei Stunden.

Yanis war nicht mehr der Jüngste. 53. Sein Kreuz war zu einem Bogen verformt.

3.45 Uhr. Yanis stand auf und kochte sich wie jeden Morgen einen Mokka. Von Kaffeemaschinen hielt er nichts. Wozu auch? Kaffee, Zucker und Wasser in das Kupferkännchen – fertig.

Na, dann mal los.

Nur: seine Baustelle lag auf Mykonos und Yanis lebte auf Naxos.

Er lief hinunter zum Hafen, zur ersten kleinen Personenfähre, die Naxos um 4.30 Uhr verließ.

Er würde über eine Stunde zu früh an der Baustelle sein, aber immer noch besser als schlaflos im Bett liegen.

Um 5.30 Uhr stieg er im Hafen von Mykonos in den ersten Bus, der nach Elia fuhr. Die wenigen anderen Fahrgäste waren Frühschichtler aus den Hotels.

Kurz vor sechs hielt der Bus am Strand von Elia und Yanis lief die Straße hoch, die in die nächste Bucht nach Kalo Livadi führte. Die Dämmerung setzte ein und er beschloss, oben auf der Kuppe auf die Kollegen zu warten.

Die Straße war nicht wirklich wichtig, wurde aber dennoch erneuert, wie fast alle Straßen auf Mykonos. Auf Naxos war man neidisch, ja wütend, dass die Nachbarinsel offensichtlich über genügend Finanzmittel verfügte. Mykonos hat einfach den besseren Bürgermeister, dachte Yanis.

Als er oben angekommen war, suchte er sich einen Felsen und ließ sich nieder.

Immer wieder schön, dachte er, als er Stimmen hörte. Sie kamen vom Strand von Kalo Livadi. Dann sah er am Fuß des Hügels mehrere Männer. Yannis setzte seine Brille auf und erkannte, dass zwei Männer bewaffnet waren und der dritte keine Kleider trug – und gefesselt war.

Blitzschnell ging Yanis hinter dem Felsen in Deckung. Sie hatten ihn nicht gesehen.

Er hörte seltsame Geräusche. Einen Schrei, ein dumpfes Knallen und kurz darauf lautes Motorengeräusch. Ein Betonmischer. Yanis kannte das Geräusch.

Was er nicht hörte, war ein Schuss.

Er wartete eine Stunde, bis die ersten Kollegen eintrafen.

„Yassas, Yanis. Habt ihr gestern Überstunden gemacht und schon einen Teil der Straße betoniert?"

Der Kollege deutete auf die Stelle, an der Yannis die drei Männer gesehen hatte.

Yannis bekam weiche Knie und übergab sich.

„Hoppla! Einen Ouzo zu viel gestern?"

7

David erwachte aus seiner Bewusstlosigkeit als er gegen die Bordwand des Zodiacs knallte.

Ich bin noch am Leben, stellte er erleichtert fest.

Sein Gehirn war noch umnebelt und die Erinnerung kam nur langsam. Als sie ihm den Stutzen des Staubsaugers in das Rektum rammten, spürte er, dass in ihm etwas gerissen war. Er hatte wie am Spieß geschrien und fiel dann in Ohnmacht.

Warum lassen sie mich am Leben? Sie können nichts gefunden haben, üblicherweise das Todesurteil für einen Agenten.

Er blickte an sich herunter. Seine Fußfesseln waren neu. Fesseln zum Laufen. Die Innenseiten seiner Schenkel waren dunkelrot und verkrustet.

Das Blut stammte aus seinem Hintern. Auch im Mund schmeckte er Blut.

Aber wieso habe ich keine Schmerzen?

„Und? Fühlen Sie sich besser?", fragte eine Stimme.

David nickte.

Er verspürte nicht nur keine Schmerzen, sondern sogar leichte Euphorie – die jedoch stand in krassem Gegensatz zu seiner Lage.

„Das kommt von unserem Cocktail. Wir nennen ihn ‚Teheran Pain Killer'! Ein wenig Ephedrin, Valoron und Chrystal Meth. Man lächelt noch, wenn die Kugel schon unterwegs ist", sagte die Stimme. Es war der Größere der beiden.

David versuchte festzustellen, wo er war. Zwei felsige Hügelketten. Dazwischen eine Bucht.

Er erinnerte sich sofort. Mykonos. Kalo Livadi.

Er lachte kurz auf. Genau dorthin wollte er ursprünglich, aber nicht unter diesen Umständen.

Das Boot lief auf dem Strand auf. Die ganze Bucht war menschenleer. Ohnehin keiner der stark frequentierten Strände, war Kalo Livadi um sechs Uhr morgens mausetot.

Die zwei Männer warfen David aus dem Zodiac.

An Land zückten die beiden wieder ihre Waffen.

„Aufstehen und geradeaus, dann nach links!"

David konnte nur schlecht laufen, der Schmerz im Enddarm kehrte zurück.

Sie dirigierten ihn nach links, eine Betonstraße entlang, die einen Hügel hinaufführte.

Sie erschießen mich hier, dachte er.

Dann endete der Betonbelag. Offensichtlich war der weitere Teil aufgerissen worden. Baumaschinen standen auf der Straße.

Plötzlich tat sich ein Loch vor David auf. Er wollte um das Loch herum weitergehen, als eine Stimme hinter ihm „Stopp" sagte.

Nein, bitte nicht, dachte David noch, als sie ihn in das Loch schubsten.

Es war tief und so brach sich David beim Sturz das rechte Handgelenk. Er schaute nach oben und sah, dass auf der halben Höhe Balken angebracht waren – wie bei einem Stollen.

Die beiden Männer lachten und warfen etwas zu ihm hinunter. Eine Flasche und eine Tüte Pita-Brote. David hatte Durst. Er jetzt bemerkte er, dass er keine Zähne mehr hatte. Der Cocktail hatte ihn die Schmerzen nicht spüren lassen.

Es muss während meiner Ohnmacht geschehen sein. Natürlich. Sie suchten nach einem anderen Datenträger. Einem Mikropunkt, den man bequem in einer Zahnfüllung hätte verstecken können. Aber dafür war in Kiew keine Zeit mehr gewesen.

Ohne Zähne kann ich die Flasche nicht öffnen und das wissen sie. Dann sah er, was die Flasche enthielt: Motoröl.

„Ich muss mal", sagte eine Stimme.

„Ich auch", eine zweite.

Höhnisch lachend pinkelten sie auf David, dem die warme Flüssigkeit über den Kopf lief.

Dann wurde es dunkler. Über sich sah er eine Platte, die auf ihn zufiel, aber an den Balken hängenblieb. Jetzt war es stockdunkel und David begann zu zittern. Dann sah er ein kleines rotes Licht. Was ist das?

Als sich die Augen an die Dunkelheit gewöhnt hatten, erkannte er, woher das Licht kam. In der Mitte der Platte war eine Kamera angebracht.

Mein Gott, nicht mal im Sterben lassen sie mich in Frieden. David war nicht religiös, daher betete er auch nicht.

Wann haben sie das Loch gegraben? Dann war ihm klar, sie mussten schon in Kiew an ihm dran gewesen sein.

Dann begann der Boden zu vibrieren und ein Motor war zu hören. Gefolgt von ohrenbetäubendem Lärm. Einem Zischen.

Ein Betonmischer. Der Beton knallte auf die Platte. Langsam wurde das Geräusch dumpfer.

David saß in dem Loch und fragte sich, wie Menschen so grausam sein können. Hätten sie ihn nicht einfach köpfen können? Immerhin haben sie die SIM-Karte nicht. Aber alles war umsonst, wenn man sie nicht findet und eine Obduktion macht. Wie hieß der Kommissar?

Nikakis?

David versuchte aufzustehen, aber das Loch erlaubte nur eine gebückte Haltung.

Er legte den Kopf nach hinten und versuchte Blut im Mund zu sammeln. Dann schrieb er mit der Zunge das Wort „Magen" auf die Unterseite der Platte, wusste jedoch nicht, ob es lesbar war.

Das rote Licht ließ es nicht zu.

Aber das war nur ein kleiner Sieg angesichts seiner Lage. Lebendig begraben.

8

Yanis übergab sich noch drei Mal. Dann schickte ihn der Vorarbeiter nach Hause. Nun saß er im Hof seines winzigen Häuschens am Rand von Naxos-Stadt. Wie er dorthin gekommen war, wusste er nicht mehr. Busfahrt und Fähre waren im Schleier an ihm vorbeigegangen.

Warum habe ich nicht eingegriffen?

Weil die zwei Männer bewaffnet waren und mich als Zeuge mit Sicherheit beseitigt hätten.

Weil der Mann sicherlich sofort tot war, als der Betonmischer seine Ladung in das Loch hat rauschen lassen.

Weil ich die Stimme des Fahrers erkannt hatte. Es war Argiros, mein Arbeitskollege. Er steckt mit drin. Und außerdem halte ich mich grundsätzlich aus anderer Leute Dinge heraus. Basta.

Yanis war todmüde und legte sich schon am frühen Abend ins Bett. Vielleicht würde er ja heute Nacht schlafen können.

Doch mit jeder Stunde wurde er wacher.

Er konnte das Bild des nackten Mannes nicht aus seinem Gedächtnis vertreiben. Außerdem kamen ihm Zweifel am Tod des armen Kerls. Vielleicht haben die Täter ihn quasi nur „eingemauert", drangsalierte ihn eine Stimme im Kopf.

Er könnte noch leben, wenn du wenigstens jetzt etwas tust.

Nein. Es war nach Mitternacht. Niemand würde jetzt etwas unternehmen, wenn überhaupt jemand ans Telefon gehen würde.

Also vergiss es.

Doch um drei hatte Yanis´ Gewissen die Oberhand gewonnen. Aber man würde dich bestrafen. Du kämst ins Gefängnis, warnte ihn die eine Stimme.

Nein. Du standest unter Schock. Du stehst unter Schock.

Ein Punkt gab den Ausschlag. Die Angehörigen des jungen Mannes sollen wenigstens etwas zu beerdigen haben. Mit blieb dies bei meiner Frau verwehrt.

Wo rufe ich an? Hier oder auf Mykonos?

Nein. Du gehst persönlich aufs Rathaus in Mykonos.

9

Im Gegensatz zu Yanis hatte Angelos Nikakis eine angenehme Nacht.

„Löffelchen mit Balken?", fragte er, weil Yariv sich im Schlaf eng an ihn gepresst hatte.

„Streckübungen, damit ich an den Großen rankomme", flüsterte Yariv Angelos ins Ohr.

„Er ist mir groß genug. Das ,Kleiner' bezieht sich nur auf deine Körpergröße!"

„Na, da bin ich ja beruhigt. Und jetzt raus mit dir", sagte Yariv.

„Es ist mitten in der Nacht", protestierte Angelos. Es war 10 Uhr 50.

Yariv lachte laut.

„Normale Bürgermeister sind um acht im Büro!"

„Kann schon sein. Aber Kommissare sollten um vier anfangen, weil Verbrechen abends begangen werden. Der Mittelwert ist zwölf Uhr mittags", sagte Angelos.

Knurrend stand er auf und zog sich an.

Plötzlich fing Yariv wieder an zu lachen.

„So kannst du unmöglich auf die Straße. Warte, ich helfe dir!"

Fünfzehn Minuten später betrat ein gut gelaunter Bürgermeister Nikakis das Rathaus. Oben an der Treppe wartete Gabriel in seinem Rollstuhl und grinste.

„Ich protestiere gegen die Diskriminierung von Behinderten. Wie soll man denn mit einem Rollstuhl ins Gericht? Da sind drei Stufen!"

Angelos grinste.

„Das Lachen wird dir noch vergehen, wenn du ins Internet gehst. Irgendein Sportteam hat die Verhandlung gefilmt und ins Netz gestellt. Als Service haben sie es noch in mehrere Sprachen übersetzt!"

Angelos´ gute Laune verflog.

„Du bist der Hit des Tages. 58.000 Klicks auf ‚You tube' und es wird getwittert wie verrückt. Hashtag boamykonos!"

„Ein weiterer Kommentar und ich schmeiße dich die Treppe runter!"

„Ich weiß gar nicht, warum du nicht mich als Zeuge geladen hast. Ich hätte alles sofort bestätigen können …"

„Pssst. Das muss nicht jeder wissen", knurrte Angelos.

„Was regst du dich so auf? Die Kommentare sind durchweg positiv. Du hast drei Filmangebote und Tausende neuer Freunde!", sagte Gabriel und grinste.

Als Angelos die Tür zum großen Büro öffnete, gab es Applaus.

„Idioten", knurrte Angelos und knallte die Tür seines Zimmers hinter sich zu.

Aber er war nicht allein. Im Besucherstuhl saß ein Mann mit verknautschtem Gesicht.

„GABRIEL!"

Gabriel rollte herein und sagte:

„Ach ja. Der Mann ist seit 7 Uhr hier. Offensichtlich glaubt er, ein Bürgermeister käme morgens. Wie kommt er nur darauf?"

Der Locher flog ihm um die Ohren.

„Und jetzt raus!"

Der Mann war mittlerweile wach und rieb sich die Augen.

„Entschuldigung, Herr Bürgermeister. Mein Name ist Yanis Kolokis. Ich komme aus Naxos!"

„Was noch kein Verbrechen ist", antwortete Angelos.

Angelos´ Handy vibrierte. Yossi.

„Moment bitte", sagte Angelos und ging in das kleine Nebenzimmer.

„Yossi. Was gibt´s?"

„Ich komme gleich zur Sache. Einer unserer Agenten wird vermisst. Er ist seit zwei Tagen überfällig", sagte Yossi Cohen.

„Das ist schlimm. Aber wie soll ich dabei helfen können?"

„Äh. Nun. Er hatte die Anweisung zu einem sicheren Haus zu gehen!"

„Ich verstehe immer noch nicht!"

„Das sichere Haus war deines. Er sollte nach Mykonos und sich bei dir melden", sagte Yossi.

„Was er offensichtlich nicht getan hat oder besser: nicht konnte!"

„Moment mal. Unser Haus ist ein sicheres Haus des Mossad? Sind wir eine Außenstelle? Von

sicher kann auch keine Rede sein. Wir haben nicht mal eine Alarmanlage", antwortete Angelos.

„Erstens vertrauen wir euch. Zweitens ist dein Mann Jude", sagte Yossi.

„Er ist Grieche, Yossi. Jude nur auf dem Papier!"

„Das macht nichts. Wir beschützen unsere Leute. Wie du auch bei der Entführung von Yariv gesehen hast!"

„Du brauchst mich daran nicht zu erinnern. Ich bin euch dankbar und das weißt du. Aber dann müsste das Haus auch gesichert werden. Die Kameras könnt ihr aber weglassen. Ich habe keine Lust, im Schlafzimmer jedes Mal die Kamera abzudecken!", knurrte Angelos.

„Euer Sexualleben ist ohnehin schon öffentlich. Im Übrigen: 24 Zentimeter ist beachtlich. Gibt´s ein Video von der Messung?"

Angelos stöhnte.

„Hoffentlich nicht". Aber sicher war er sich nicht. Mantzaris war das zuzutrauen.

Yossi lachte.

„Na dann. Wenn David noch bei dir auftaucht, soll er sich sofort melden. Du hattest auch keinen Leichenfund die letzten Tage?"

„Nein. Aber die Jungs, die das Video aufgenommen haben, würde ich gerne erschlagen!"

„Ist doch kein Problem. Den Prügel hast du ja immer bei dir", sagte Yossi.

„Volldepp", sagte Angelos, wischte das Gespräch weg und ging zurück in sein Amtszimmer.

„Entschulding, Herr …"

„Kolokis. Das, was ich Ihnen jetzt erzähle, klingt nach Märchen, aber es tatsächlich so passiert.

Ich habe gesehen, nein, ich glaube, man hat einen Menschen lebendig begraben!"

„WAS BITTE?", fragte Angelos.

„Es war so …", begann Yanis und erzählte die ganze Geschichte.

„Hatten Sie vielleicht ein paar Ouzo zu viel?"

„Früh um sechs? Bitte glauben Sie mir!"

„Ich müsste die Straße aufreißen lassen, wenn, nein, falls das stimmt", sagte Angelos.

„Ich bezahle es. Sonst finde ich keinen Frieden", sagte Yanis.

Angelos zögerte. Was hatte Yossi gerade gesagt? Ihm ist ein Agent abgängig?

Angelos griff nach seinem Handy.

„Yariv? Kannst du gleich ins Rathaus kommen? Ja, ich weiß, dass du malst, aber es ist kein Schönheitswettbewerb. Ich brauche deine Intuition!"

Angelos drückte den roten Knopf.

„Herr Kolokis. Mein Ehemann kommt gleich. Er ist auch Kommissar!"

„Ihr Ehemann?", fragte Yanis. Es dauerte zehn Sekunden, bis er begriff.

„Mykonos ist etwas anders", antwortete Angelos. „Jetzt trinken Sie erstmal einen Kaffee und dann zeigen Sie mir die genaue Stelle auf der Karte."

Es dauerte 15 Minuten bis Yariv eintraf. Nachdem Yanis seine Geschichte das zweite Mal erzählt hatte, schaute Yariv Angelos an und nickte.

„Wir glauben Ihnen. Wir fahren zu der Stelle. Ist ein Presslufthammer vor Ort?", fragte Yariv.

„Ja. Wir müssen ja die Reste der alten Straße beseitigen!"

„Na dann los!"

10

Angelos, Yariv und der Zeuge fuhren mit dem Mercedes-SUV den steilen Hang hinter Elia hoch.

„Das ist doch keine Straße", sagte Yariv.

„Stimmt. Normalerweise fährt man über die Straße nach Kalafati und dann rechts", antwortete Angelos.

„Wieso lässt du sie dann erneuern?"

„Weil es die letzte Bruchpiste auf der Insel ist und noch Fördermittel da sind!"

Yariv lachte.

„Auf anderen Inseln reißt es einem die Achse weg und hier werden selbst überflüssige Straßen instandgesetzt. Womit hast du den Premier erpresst?"

„Ich war lediglich beharrlich", antwortete Angelos.

„Heißt, du hast ihn täglich belästigt!"

„Mehrmals täglich!"

Sie erreichten die Kuppe.

„Yanis. Sagen Sie uns, wo Ihr Standort war!"

„Noch zwanzig Meter. Der große Felsen rechts!"

Sie hielten und stiegen aus.

„Ich bin zuerst auf dem Felsen gesessen. Als ich die Männer gesehen habe, bin ich in Deckung gegangen!"

Angelos sah die Straße hinunter. Man konnte bis fast nach unten sehen. Die Geschichte Strand-Straße-Loch könnte stimmen.

„Wir laufen runter!"

Yanis zögerte.

„Ich kann nicht!"

„Ohne Sie wissen wir nicht wo, Herrgott", meinte Angelos. „Los. Je eher, desto schneller ist es vorbei. Sie müssen bei dem Öffnen ja nicht dabei sein!"

Yanis blieb hinter Angelos und Yariv.

Plötzlich sagte er: „Hier etwa. Auf den Punkt genau kann ich es nicht sagen!"

Vom Parkplatz her, der am Fuße der Straße lag, kam der Bauleiter näher. Giorgios Simakis.

„Hab ich das richtig verstanden, Angelos? Du willst die frisch betonierte Straße aufreißen? Warum?"

„Weil darunter eine Leiche liegen soll!"

„Wer hat dir denn das erzählt?"

Angelos zeigte auf Yanis.

Simakis fluchte.

„Und wer bezahlt das?"

Angelos zog die Augenbraue hoch und Simakis winkte ab.

„Die oberste Schicht mit dem Presslufthammer. Der Bagger räumt die großen Trümmer weg und dann brauchen wir drei Schaufeln", sagte Angelos.

Es dauerte eine halbe Stunde, bis das Erdreich erreicht war.

„Dann mal los", sagte Angelos und zog sein Shirt aus.

Weitere zwanzig Minuten später stieß Yanis auf Metall.

„Sehen Sie. Ich hatte recht", sagte er.

„Eine Platte sagt noch gar nichts. Weiter!"

Als die Platte frei lag, sah man auch die Balken rechts und links.

„Sieht aus wie ein Schacht", meinte Yariv.

„Bereit?", fragte Angelos. Yariv nickte.

Angelos hob die Platte an und ließ sie auf die andere Seite fallen. Schon bei den ersten Zentimetern war Angelos klar, dass Yanis' Geschichte stimmte. Den Geruch kannte er.

In wenigen Sekunden würde er eine Leiche sehen.

Nun sah er sie – und musste sich übergeben.

Yariv schaute in den Schacht und wurde bleich.

„Grundgütiger!"

11

Angelos hatte erwartet, eine zusammengerollte Leiche zu finden. Oder eine mit Schusswunde. Dass Yanis keinen Knall gehört hatte, schloss eine Erschießung nicht aus. Schalldämpfer.

Nun sah er, dass es keine Hinrichtung war, sondern etwas viel Schlimmeres.

Die Leiche saß aufrecht, an die Wand gelehnt.

Der Kopf Richtung Decke gerichtet. Das Unerträglichste an dem Anblick waren die weit aufgerissenen Augen und der offene Mund, wie ein Fisch, der nach Luft schnappt.

„Was ist das Schwarze um seinen Mund?", fragte Yariv.

Angelos richtete seine Maglite auf Davids Gesicht und sah eine schwarze Flüssigkeit, die schimmerte.

„Motoröl. Rechts liegt eine Plastikflasche!"

„Man hat ihn gezwungen?", fragte Yariv.

„Nein. Das war er selbst. Es ist wie bei Schiffbrüchigen. Sie wissen, dass sie durch das Salzwassertrinken sterben, aber der Durst ist zu stark!"

„Was ist?", fragte Yanis, der zehn Meter entfernt stand.

„Er hat noch gelebt. Hätten Sie uns gleich gerufen, wäre er noch am Leben", knurrte Angelos.

Yanis wurde bleich.

„Werde ich bestraft?"

„Ja. Aber nicht von uns. Sie werden damit leben müssen, dass Sie einen Menschen haben sterben lassen. Das ist Strafe genug. Sie können nach Hause", sagte Angelos.

„Wie lange ist er tot?", fragte Yariv, als Yanis Richtung Bushaltestelle schwankend davongestolpert war.

„Dazu müssten wir die Temperatur messen. Allein vom Zustand der Leiche her würde ich sagen: um die zehn Stunden!"

Plötzlich rief Yariv:

„Angelos! Die Platte!"

Die beiden starrten entgeistert auf das Rechteck aus Stahl.

„D-das ist eine Kamera!! Sie h-haben ihn beim Sterben gefilmt", stammelte Yariv.

„Und sie werden das Video im Internet posten. Damit ist wohl klar, wer das Opfer ist!"

„Yossis Agent", sagte Yariv leise.

„Er kommt aus Kiew und stirbt fünf Kilometer vor seinem Ziel. Es ist …"

Wieder musste sich Angelos übergeben.

„Ich gehe zum Vorarbeiter und sage ihm, er soll die Zufahrt mit Fahrzeugen blockieren. Und dann hole ich den Wagen. Wir brauchen den Pavillon, oder?", fragte Yariv.

Angelos nickte.

„Alles in Ordnung, Großer?", fragte Yariv.

„Mir graut vor dem Anruf bei Yossi!"

„Du willst die Platte wieder auf das Loch legen und auf Yossi warten?", fragte Yariv.

„Ja. Es ist im wahrsten Sinne des Wortes ein Grab!"

„Ich mache aber ein paar Fotos. Kannst du bitte ausleuchten?"

Angelos nickte.

Erst jetzt sah er ein zusätzliches Detail.

„Ihm fehlen die Zähne. Man hat ihm die Zähne gezogen!"

Angelos stellte sich vor, wie der arme Kerl schon vorher gelitten haben muss.

Der Magen leerte sich ein letztes Mal.

Gott sei Dank reagiert Yariv cool, dachte Angelos.

„Wer holt ihn da raus?", fragte Yariv. „Und wie?"

„Einer muss runter und dann mit Gurt", antwortete Angelos. „Eine Obduktion müssen wir machen. Entweder ist er erstickt oder am Motoröl gestorben!"

Angelos seufzte.

„Fünf Kilometer. Fünf lausige Kilometer!"

12

Beirut

Faruk saß vor seinem Notebook und schnitt die Videosequenzen zusammen, vollkommen unberührt von dem grausamen Geschehen.

Ein israelischer Spion, na und?

Das Video würde erst im Darknet Furore machen und sich dann ins normale Internet schleichen.

Er grinste bei dem Gedanken, wie man in Tel Aviv reagieren würde.

Faruk kannte den Namen des Agenten: David.

Und David hatte keine Gnade verdient. Vor drei Jahren hat er meinen Bruder in Beirut ermordet.

Deswegen hatte Faruk die ursprüngliche Mission etwas erweitert. Natürlich ging es hauptsächlich um den USB-Stick. Aber eine simple Kugel wäre ein zu schneller Tod gewesen. Er sollte leiden.

Faruk konnte zusehen, wie die Klickzahlen hochschossen. Die ersten Kommentare liefen auf: „Geil!", „Wieder einer weniger" und: „Warum geht das nicht schärfer?"

Alles, was Faruk tut, tut er für den Islam.

Alles, was Faruk tut, ist wider den Islam.

Aber diesen Widerspruch hatten Islamisten schon längst durch theologische Winkelzüge hinter sich gelassen.

Noch einmal sah er, wie sich David verzweifelt mühte, die Flasche Motoröl zu öffnen.

Seine Männer hatten David Doxepin verab-reicht. Ein Antidepressivum mit einer fatalen Nebenwirkung: es fließt kein Speichel mehr. Der quälende Durst kommt nach nur zwanzig Minuten, der Mund verklebt sich, Schleimhäute werden trocken.

David starb am Motoröl. Langsam und qualvoll.

Faruks Handy vibrierte.

Er hatte mit diesem Anruf gerechnet.

„Bist du irre?", brüllte die Stimme.

„Was willst du denn? Wir haben die Mission erfüllt. Liquidieren, egal, ob wir den Stick finden oder nicht. Und genau das haben wir gemacht!"

„Nein. Nimm das Video sofort raus. Wir sind keine Sadisten!"

„Zu spät. Es wurde schon 800 Mal herunterge-laden! Ein Sieg für unsere Sache", sagte Faruk.

„Du Idiot. Glaubst du, die Israelis schauen sich das an und lassen es dabei bewenden? Sie werden Jagd auf uns machen!"

„Sollen sie ruhig kommen. Wir sind vorbereitet!"

„So? Mit euren Spielzeugraketen gegen Drohnen und Kampfjets? Ich nehme an, du sitzt in einem Bunker. Sterben werden Frauen und Kinder", schrie die Stimme.

„Seid wann macht ihr euch Gedanken um Zivilisten?", bellte Faruk zurück.

„Durch deine Eigenmächtigkeit ist das Tischtuch zwischen uns und dem Westen endgültig zerschnitten!"

„Eben. Dann sind die Fronten klar. Wir gegen unsere Todfeinde. Die USA und Israel", sagte Faruk.

„Lass die Propagandasprüche, du Idiot. Sind deine Männer wenigstens abgetaucht?"

„Selbstverständlich. Wir verstehen unser Geschäft!"

Der Mann in der Leitung lachte.

„Ihr seid dumme Amateure, sonst nichts!"

Der Mann wischte das Gespräch weg.

Er setzte sich an sein Notebook und klickte nochmals auf das Video.

Schon bei der Hälfte begann er zu würgen.

Faruk und seine Bande voller Irren soll der Schlag treffen.

Aber was tue ich jetzt?

Klar ist, dass die Racheaktionen gewaltig sein werden und damit das gesamte Agentennetz in Gefahr war. Man würde wahllos liquidieren, so weit kannte er die Israelis.

Und wir würden genauso reagieren, hätte man einen der unseren so verrecken lassen.

Leute wie Faruk schaden unserer Sache. Andererseits wäre seine Liquidation heikel.

Kurz zog der Mann in Erwägung, den Israelis über einen Backchannel eine Nachricht zukommen zu lassen, verwarf aber den Gedanken.

Man würde mich an einem Baukran aufhängen.

Dann meldete sich sein Gehirnarchiv. Wo war das Ganze passiert? Mykonos? Irgendwas war da …

Er klickte auf „Allgemeine Hinweise Station Griechenland/Mykonos". Da war es. Ein fetter

Eintrag in Rot: „Kommissar vor Ort Sodomit, verheiratet mit einem Juden. Name: Angelos Nikakis. 2018: N. liquidierte Agent B13. Direkter Kontakt zu Mossad. Mutmaßlich persönlicher Freund von Satan 2!"

Satan 2. Yossi Cohen, Chef des Mossad.

Um Gottes Willen. Wenn dieser Nikakis die Geschichte hinter dem Mord aufdeckt, kommt es zu einem politischen Erdbeben und die Trümmer treffen mich.

Er ging zum Fenster und sah hinunter zum Ostad-Moein-Platz. Der Verkehr stand.

Teheran war um diese Zeit die Hölle.

13

„Warum reagierst du so cool?", fragte Angelos, als die beiden nach Hause fuhren.

„Weil du das Sensibelchen von uns beiden bist. Ich halte einiges aus", sagte Yariv.

Angelos schwieg.

„Schau, bisher haben dich alle angehimmelt. Um den Erwartungen gerecht zu werten, hast du immer den coolen Angelos gespielt, der du gar nicht bist. Ich meine das nicht böse. Das war ein Automatismus, jeder hat auf dich geschaut. Für

Alex und Khaled warst du Gott. Ich bin anders. Ich liebe dich und das ist etwas ganz anderes als jemandem hörig zu sein. Das klappt nämlich nicht auf Dauer. Ich nehme dich so wie du bist.

Und weil ich so bin, traust du dich endlich du selbst zu sein. Und dieser Angelos gefällt mir außerordentlich gut. Es sind nicht nur die 24 cm", fügte Yariv grinsend hinzu.

Angelos musste lachen.

„Na, dann bin ich ja froh, dass dir der Rest von mir auch zusagt!"

Sie fuhren die Serpentinen hinunter nach Ornos.

„Mir graut vor dem Anruf bei Yossi", sagte Angelos.

„Er muss es selbst sehen, damit er die Dimension erkennt", sagte Yariv.

„Genau deswegen", antwortete Angelos.

Zehn Minuten später – nach zwei Espressi, tippte Angelos auf Yossis Nummer.

„Gute Nachrichten?", fragte Yossi.

Angelos holte tief Luft.

„Im Gegenteil. Wir haben eine Leiche gefunden und wir vermuten, es könnte euer Agent sein!"

„Wie kommt ihr darauf?"

„Er wurde lebendig begraben", sagte Angelos.

Stille.

„Ich schicke ein Team für die Überführung", sagte Yossi.

„Wie bitte? Das kann doch nicht dein Ernst sein. Der Kerl ist elendig erstickt. Weißt du wenigstens noch seinen Namen?", bellte Angelos.

„Beruhige dich. Jeder in diesem Job weiß um das Risiko. Ich kann nicht jeden persönlich überführen!"

„So sorgt ihr für eure Leute? Aber ich hätte es wissen müssen. Ihr habt ja schon Gabriel allein gelassen, nachdem er nicht mehr einsatzfähig war. Ganz schön zynisch. Wenn du nicht herkommst und dir das ansiehst, sind wir geschiedene Leute. Und du wirst es bereuen, denn das war mehr als ein normaler Mord!"

Angelos brüllte mittlerweile.

Yariv nickte zustimmend.

„Also gut. Ich brauche drei bis vier Stunden", knurrte Yossi.

„Wir holen dich ab", sagte Angelos mit eisiger Stimme und wischte das Gespräch weg.

„Das war richtig so", sagte Yariv.

„Wie menschenverachtend kann man denn sein? Die sind auch nicht besser als die eigentlichen Mörder", regte sich Angelos auf.

„Darf ich einen praktischen Vorschlag machen? Wir brauchen die Feuerwehr und deren Lichtgiraffe", stellte Yariv fest.

„Du hast wie immer recht. Ich rufe an!"

14

Die Gulfstream 650 landete gegen 19 Uhr 30 und rollte zum südlichen Ende des Vorfeldes. Dort trennte eine kleine Tür den gesicherten Bereich vom Valet-Parking.

Die Treppe des Flugzeugs fuhr aus und Yossi nahm zwei Treppen auf einmal, begleitet von zwei Bodyguards.

Angelos öffnete die Zauntüre und nickte lediglich.

„Schick deine Begleiter in das Café dort drüben. Wir holen sie später ab. Das ist ein Einzelausflug, nur für dich", sagte Angelos betont unfreundlich.

„Was hat er denn?", fragte Yossi Yariv.

„Was Angelos hat? Er hat recht, das ist alles!"

Schweigend fuhren die drei hinunter nach Elia und dann den Hügel hinauf. Auf der Kuppe, exakt an derselben Stelle, von der aus Yanis das Geschehen beobachtet hatte, hielt Angelos an.

„Ich nehme an, es ist dort unten. Warum fährst du nicht runter?", fragte Yossi.

„Weil du dir das alleine ansiehst", antwortete Angelos.

Sichtlich wütend stapfte Yossi die fünfzig Minuten hinunter.

„Wenn er nicht wenigstens kotzt, verliere ich jeden Respekt vor ihm", knurrte Angelos.

Yossi erreichte die Stelle und hob die Platte hoch. Nur einen Wimpernschlag später fiel er auf die Knie und hielt die Hände vors Gesicht.

„Test bestanden", sagte Yariv. „Komm!"

Angelos und Yariv gingen hinunter.

„Das musstest du sehen", meinte Angelos.

Yossi nickte.

„David", war das einzige Wort, das Yossi heraus-brachte.

„Ich nehme an, du hast die Kamera gesehen?", fragte Angelos.

Yossi schaute verwirrt und Angelos deutete auf die Platte.

„Sie h-haben ein V-video gedreht?", fragte Yossi, obwohl er die Antwort schon kannte.

„Auch dein Premier wird es sehen und du solltest dich darauf vorbereiten", sagte Yariv.

„Außerdem muss die Leiche mit einem Gurt geborgen werden. Sie muss obduziert werden. Erst dann können wir sie freigeben. Ich denke, *du* solltest ihn rausholen. Das bist du ihm schuldig", sagte Angelos. „Ich hole Gurte aus dem Feuerwehrauto. Yariv und ich sichern die Spuren im Loch und an der Platte, auch wenn da nichts sein wird.

„Wartet mal", sagte Yariv und ging neben der Platte in die Knie und schaute schräg auf die Oberfläche. Dort steht etwas. Gib mir die Blaulichtlampe, Angelos!"

Als Yariv das Licht über die Platte glitt, konnte man ein Wort lesen: MAGEN.

„Aber David war gefesselt", sagte Yariv.

„Zunge", antwortete Angelos. „Also: kommt so etwas öfter vor in deinem Metier?"

Yossi schüttelte den Kopf.

„Foltern ja. Aber so etwas Grausames habe selbst ich noch nicht gesehen!"

„Hat David Familie?", fragte Angelos.

„Freund und seine Eltern", sagte Yossi.

„Ich glaube, er hat es kapiert", sagte Yariv zu Angelos. „Sei gnädig!"

Angelos nickte und hielt Yossi die Gurte hin.

„Du gehst runter und wir ziehen ihn hoch!"

Als David aus seinem Grab befreit war, legten sie ihn auf eine Bahre der Feuerwehr. Dann kletterte Angelos hinunter.

„Das Ganze war geplant. Die Balken sind absichtlich so platziert, dass ihn die Platte nicht erschlägt. Und die Kamera ist in die Platte eingelassen. Man hat ein Loch hineingeflext. Der Mord war beschlossene Sache und man wollte, dass die Grausamkeit öffentlich wird. Sonst sehe ich nur die Flasche Motoröl", sagte Angelos.

Als Angelos wieder hochgeklettert war, sagte er: Die Leiche kommt in die Klinik. Autopsie morgen. Und du kommst mit zu uns und dann sagst du uns, um was es hier geht!"

Yossi nickte nur.

15

Dreißig Minuten später war das Haus in Ornos eines der sichersten Griechenlands. Zwei Kommissare, ein Geheimdienstchef und zwei Bodyguards, flankiert von der obligatorischen Drohne, die sich immer in Yossis Nähe befand.

„Es war richtig, mich herzuzitieren", sagte Yossi.

„Es tut mir leid, dass ich es nicht ernst genommen habe!"

„Schon gut. Ihm haben nicht mal fünf Kilometer gefehlt", meinte Angelos.

„Nein. Das Ganze ging schon vorher schief. Das Grab vorzubereiten hat mindestens eine halbe Nacht gedauert. David ist schon vorher aufgeflogen. Entweder in Kiew, aber spätestens in Varna. Er hatte keine Chance", sagte Yossi.

„Ein Fehler seinerseits oder ein Maulwurf bei euch?", fragte Yariv.

„Oder der Sajan kassiert von zwei Seiten", antwortete Yossi.

„Sajan?"

„Freiwillige Helfer. Juden, die uns helfen. Aber in Russland oder der Ukraine kann man sich auf niemanden verlassen. Um ihn bestmöglich zu schützen, ohne selbst aktiv zu werden, haben wir David auch zu dir geschickt!"

„Warum hat ihn keines eurer Schiffe in Varna oder in der Ägäis aufnehmen können?", fragte Yariv.

„Wir konnten nicht und spart euch die Frage warum. Ich erkläre es euch. Es hat mit Mykonos zu tun!"

„Na, das beruhigt mich ja ungemein!"

„Es geht um ein havariertes Schiff, Die ‚Anna II': Das Schiff ist vor 24 Jahren unter mysteriösen Umständen gesunken. Da es damals noch keine Transponder gab, war die letzte Position nicht mehr zu ermitteln. Notrufe wurden keine abgesetzt. Das Meer war ruhig. Auf den ersten Blick ungewöhnlich, aber nicht mehr. Nun: 1996 lag Russland am Boden. Die Jelzin-Jahre. Jeder tat, was er will, vor allem die Armee. Die Offiziere verkauften praktisch alles. Staatsangestellte bekamen kein Gehalt und taten es den Soldaten gleich. In der Ukraine war es ähnlich und so haben beide Staaten versucht, die prekären Verkäufe zu vertuschen. Teilweise waren es auch gewöhnliche Kriminelle, die sich mit Waffen versorgten!"

„Aber das alles ist bekannt", sagte Angelos.

„Geduld war nie seine Stärke", sagte Yossi zu Yariv.

„Also: vor Kurzem sind in einem Militärarchiv Unterlagen aufgetaucht, die nahelegen, dass es sich bei der ‚Anna II' um ein Schiff handelte, das keine normale Fracht an Bord hatte!"

„Waffen?", fragte Angelos.

„Schlimmer. David hatte einen Informanten, der ihm sagte, es sei kurz vor dem Ablegen spaltbares Material aus einem AKW verschwunden. Uns traf fast der Schlag. Wir hatten mit Zentrifugen gerechnet. Aber der Besteller hat klug gehandelt. Man kann auch den letzten Dominostein zuerst erwerben und dann lagern, während wir – und andere – uns darauf konzentrieren, die anderen Dominosteine unter Kontrolle zu halten, eben Zentrifugen, zum Beispiel!"

„Der Iran", stellte Yariv fest.

„Sie haben viel früher begonnen als alle dachten. Der Krieg gegen den Irak bis 88 war so verheerend, dass man in Teheran wusste: der nächste Krieg muss mit Atomwaffen geführt werden. Und man entschloss sich zu einem unkonventionellen Vorgehen. Soviel kriegen wie möglich, auch wenn man das Material erst in zehn Jahren braucht!"

„Aber das ist unlogisch. Russland und der Iran haben eine gemeinsame Grenze. Wieso sollten sie das Material per Schiff über den Suez-Kanal schaffen?"

„Zwei Gründe: Das Schiff sollte nach Beirut fahren, das ist defacto der Iran. Schon damals. Dann weiter durch die schiitischen Teile Syriens und des Iraks. Das Risiko war so viel geringer. Eine gut überlegte Strategie. Zweiter Grund: der Anbieter war offensichtlich eine kriminelle Vereinigung und die scheute den direkten Grenzübertritt, zumal diese Grenze scharf von den Amerikanern überwacht wird!"

„Wir reden von Uran? Ganz schön gefährlich", meinte Angelos.

„Gar nicht. Schau, das sind meist die Verantwortlichen in den AKWs. Fachleute, die wissen, wie man so etwas sicher transportiert und wie man das abhandengekommene Material in den Akten versteckt. Vernetzte Computer waren damals im Osten noch unüblich!"

„Wir haben also ein Schiff mit spaltbarem Material für den Iran, das verschwunden ist. Wieso haben die Iraner nicht gesucht? Und wer hat das Schiff versenkt?", fragte Angelos.

„Jetzt kommen wir ins Hypothetische. Ob die ‚Anna' versenkt wurde, steht dahin. Wir waren es nicht. Und Schiffe, die gezielt suchen, also Bergungs- oder Tauchschiffe, fallen in der Ägäis sofort auf. Selbst die Amerikaner hätten gemerkt, dass irgendetwas im Gange ist!"

„Ich dachte, das sind eure besten Freunde", sagte Angelos.

„Wir haben keine Freunde", sagte Yossi und seufzte.

„Jetzt bin ich aber beleidigt", antwortete Angelos und grinste.

„Gut. Jetzt zu David. Sein Informant hat ihm mitgeteilt, man wisse, wo das Schiff ist. Da der Iran auf den letzten Metern der Entwicklung ist, schrillten alle Alarmglocken. Wenn wir es erfahren, wissen es andere vielleicht schon. Viel Vorbereitung blieb uns nicht. David musste sofort raus, aber ich kann ja keine El Al-Maschine nach Varna schicken. Der Kontaktort in Varna wurde von anderen Parteien überwacht. Uns blieb nur, David zu einem Sajan zu schicken und ihn dann zu dir zu bringen. Oder zu euch. Entschuldige, Yariv!"

„Und mit seinem Tod ist die Information weg?",
fragte Angelos.

„Er hatte einen Datenträger mit der exakten
Position bei sich!"

„Und den haben jetzt die Iraner", stellte Yariv fest.

„Welche Art von Datenträger?", fragte Angelos.

„SIM-Karte. Anonym, mit Zahlfunktion, ideal. Viel
besser als ein USB-Stick", sagte Yossi.

„Warte. Sie haben ihn gefoltert. Also hat er vielleicht nicht geredet!"

„Auf was willst du hinaus?", fragte Yossi.

„Auf der Polizeihochschule in Deutschland habe
ich gelernt, dass man bei Razzien in der organi-
sierten Kriminalität darauf achten soll, dass keiner
das Handy zerstört und die Karte schluckt. Mit viel
Speichel geht das, ohne zu ersticken", sagte
Angelos.

„Du meinst ..."

„Ich meine, es lohnt sich, Davids Magen etwas
genauer anzuschauen", sagte Angelos.

„Na, dann los", sagte Yossi und stand auf.

„Nein. Wir haben in der prallen Hitze David
ausgegraben. Außerdem ist nachts das Labor
nicht besetzt. Dir reicht die Tatsache, dass er tot
ist. Ich brauche für den Ermittlungsrichter und
dann für die Übergabe eine konkrete Todes-
ursache. Ich denke, es war das Motoröl, aber das
zählt nicht. Schick deine zwei Bodyguards zur
Klinik und du schläfst im Gästezimmer. Ende der
Durchsage", meinte Angelos.

Yossi grinste.

„Gut. Aber nicht, dass du rüberkommst, um mich zu erschlagen mit deinen vierundzw …"

„Idiot", sagte Angelos.

„Gibt´s eigentlich ein Video von der Messung?"

Yariv schüttelte den Kopf.

„Nein. Sonst würde jeder wissen, dass ich geschummelt habe!"

„Ah. Du hast etwas aufgeschlagen", sagte Yossi.

„Mitnichten. Ich habe abgerundet", antwortete Yariv.

„Seid ihr jetzt fertig? Schön, dass ich euch so amüsiere!", knurrte Angelos.

Sprach´s und ging die Treppe hoch.

16

Chefarzt André Silva war am nächsten Morgen nicht zu sehen.

„Wahrscheinlich hat er sich schon bei der Einlieferung übergeben", sagte Angelos.

„Und wie sollen wir eine Obduktion ohne Arzt oder Pathologen machen?", fragte Yossi.

„Darf ich vorstellen? Dr. morbid Yariv", sagte Angelos grinsend.

„Wer spielt die Schwester?", fragte Yariv.

Angelos schüttelte den Kopf.

„Tja. Mit 24 cm falle ich garantiert nicht unter die Kategorie ‚Schwester'", sagte Angelos. „Your turn, Yossi!"

Yariv zog das Laken ab.

Davids Leiche lag auf dem Bauch.

Yossi wendete sich ab.

Von hinten hatten sie die Leiche noch nicht gesehen.

Angelos atmete tief ein.

„Den Darm haben sie offensichtlich gründlich durchsucht!"

Yariv hatte größte Mühe, die Pobacken auseinanderzuziehen.

„Angelos! Schreib: Rektale Perforation, Dammriss auf etwa acht Zentimeter Länge, großflächige Blutverkrustung unterhalb!"

„Seine letzten Tage waren der reinste Horror", sagte Angelos. „Umdrehen?"

Yariv nickte.

„Extraktion sämtlicher Zähne mit starkem Blutverlust!"

„Kleines Brecheisen, Yossi!"

Yariv schob das Eisen in Davids Mund und versuchte, die Kieferhälften auseinander zu stemmen. Yossi würgte.

„Deine erste Autopsie? Wir sind schon im Betonzustand", sagte Angelos.

„Mundhöhle und Rachenraum: Verkrustungen Blut und schwarze Flüssigkeit, vermutlich Motoröl", fuhr Yariv fort.

„Na, dann hinein ins Allerheiligste!"

Yariv setzte die zwei Schnitte.

„Angelos, Klemmen. Sonst kriege ich den Magen nicht raus. Yossi, große Schüssel!"

Als Yariv den Magen und einen Teil des Darmes herauszog, übergab sich Yossi.

„Angelos, Sieb! Halt!"

Aus dem aufgeschnittenen Gewebe zog Yariv mit der Pinzette ein flaches Plättchen heraus.

„Bingo", sagte Angelos. „Säubern können sie in Tel Aviv. Dann haben sie vielleicht eine Vorstellung davon, was ihr Kollege durchmachte!"

Yariv nickte.

„Schwester. Alles reinpacken und zunähen!"

Yossi schaute ungläubig.

„War nur Spaß. Nun freu dich doch. Du hast, was du wolltest!"

„Auf den Weg dorthin hätte ich verzichten können", knurrte Yossi.

„Auch du kannst noch etwas lernen", meinte Angelos vergnügt.

Das war die Retourkutsche für die gefühllose Reaktion am Anfang.

„Lektion begriffen", sagte Yossi, sichtlich mitgenommen.

17

Das war eine Klasse Vorstellung, Kleiner", sagte Angelos, als sie wieder zuhause waren. Yossi war schon wieder in der Luft.

„Danke. Siopsis war der Meinung, Kommissare müssten auch auf diesem Gebiet Kenntnisse haben und hatte mit dem Rektor der Uni gesprochen. Ich hatte einige Vorlesungen in Pathologie!"

„Bei denen du dich fürs Sezieren gemeldet hast", sagte Angelos grinsend.

„Einmal durfte ich sogar einen Schädel aufsägen", meinte Yariv. „Geil!"

„Grundgütiger. Ich sollte also besser nicht fremdgehen!"

„Auf die Idee kommst du gar nicht, weil du mit mir glücklich bist", sagte Yariv gelassen.

Sie saßen am Küchentisch.

„Ach, habe ich vergessen. Wir kriegen von Yossi einen Computertisch mit Touchfunktion!", sagte Angelos.

„Aha. Wir tauschen den Esstisch gegen ein blinkendes Monstrum? Nur über meine Leiche. Das ist kulturlos", knurrte Yariv.

„Dein Hobby ist Malen, ich wische gern auf Bildschirmen herum", motzte Angelos.

„Sehr kreativ. Aber eine Ehe lebt vom Kompromiss: Wir hängen das Ding da an die Wand. Du kannst auch im Stehen wischen!

Allerdings müsste dann der Akt weg, der bekanntlich dich zeigt!"

„Nein, ich mag das Bild. Dann im Wohnzimmer in die Ecke", sagte Angelos.

„D'accord", antwortete Yariv und stöberte weiter im Internet.

„Du heilige Scheiße. Das Video ist online! Im Darknet, aber es ist nur eine Frage von Stunden, bis es herüberschwappt. Wir müssen es uns anschauen!"

„Wir müssen Yossi warnen. Ich befürchte, dass das einen Mediensturm auslöst und ihm eine freundliche Einladung des Premiers einbringt", sagte Angelos.

18

Was zutraf.
Yossi war auf dem Weg in das von ihm verachtete Jerusalem. Genauer: in die Kaplan Street.

Er würde auf einen tobenden Premierminister treffen. Dumm, dass die SIM-Karte noch nicht ausgewertet war. Wie auch. Wenn dieser Idiot nur einmal einfach warten könnte.

Yossi machte sich keine Illusionen. Das Video würde die Öffentlichkeit empören. Allerdings verstand er die Motivation nicht. Käme heraus, dass der Iran etwas mit dem Schiff zu tun hat, würde die ganze Welt wissen, dass sie schon vor 24 Jahren versucht haben, eine Atombombe zu bauen. Es macht keinen Sinn – außer es gäbe zwei Fraktionen, die gegeneinander arbeiteten.

Erwartungsgemäß tobte der Regierungschef.

„WIE KONNTE DAS PASSIEREN?", brüllte er.

„Unser Geschäft hat mit dem Tod zu tun. Jeder Agent weiß das", sagte Yossi.

„Vielleicht sollte ich Sie einmauern lassen. In Ramallah tanzt man auf den Straßen. Ein PR-Desaster!"

Typisch, dachte Yossi.

„Es ist eine Tragödie, vor allem für die Familie. Haben Sie schon ...?"

„Das ist Ihre Aufgabe", bellte der Premier.

Feigling.

„Die Polizei auf Mykonos hat die Leiche schon entdeckt und bereits obduziert. Und eine SIM-Karte im Magen entdeckt. Der Agent hat also nichts verraten und die Karte wird gerade ausgelesen!"

„Ah. Mykonos. Also wieder der schwule Kommissar", sagte der Premier und grinste.

„Und sein jüdischer Ehemann", fügte Yossi genüsslich hinzu. „Ich würde darum bitten, David auf dem Ölberg zu begraben!"

„Natürlich. Ich lasse auch gleich ein zweites ausheben, wenn Sie die Sache nicht aufklären!

19

Im Hause Nikakis in Ornos war wieder Ruhe eingekehrt. Die Herren lagen zu Bett.

„Weißt du, ich denke, ich sollte deinen Spitznamen abändern. Statt ‚Kleiner‘ gefiele mir ‚Prinz Knochensäge‘", sagte Angelos.

„Und wie gefiele dir ‚König Dreibein‘?", fragte Yariv.

Angelos knurrte.

„Meine früheren Männer waren lang nicht so frech!"

„Genau deswegen hat es auch nicht funktioniert. Soll ‚Prinz Knochensäge‘ noch Vitalfunktionen überprüfen?", fragte Yariv und drehte an seiner Locke.

Am nächsten Morgen war Angelos dennoch nicht sorgenfrei.

„Was hast du denn?", fragte Yariv.

„Mir liegt David noch im Magen!"

„Aber der Fall ist für dich erledigt. Die Tätersuche übernimmt jemand anders", argumentierte Yariv.

„Mein Bauch sagt mir etwas anderes, aber ..."

Es klingelte an der Türe.

Als Angelos öffnete, stand dort Richter Mantzaris mit einer Veneti-Torte.

„Lässt du mich noch rein?", fragte er vorsichtig.

„Es tut mir leid. Ich wusste ja nicht ..."

„Komm rein. Schuld ist ja eher der Knilch in der Küche", sagte Angelos.

„IIIIIch?", rief Yariv und lachte.

„Angelos, du weißt, dass das Gericht mein Leben ist. Meine Verhandlungen sind meine einzige Freude im Leben. Du kennst ja meine Frau!"

„Und weil ich sie kenne, habe ich es geschafft, dass du nicht in den Ruhestand musst. Und wie dankst du es mir?", sagte Angelos.

„Sei ehrlich. Nach mir wäre das Gericht geschlossen worden und die Fälle nach Syros gegangen. Und das war der Hauptgrund. Aber ich will mich nicht rausreden. Früher saßen 100 Zuschauer im Saal und haben sich amüsiert. Niemand filmte. Heute früh rief mich ein TV-Sender an und sagte, der Film hatte bisher 400.000 äh, Zuschauer!"

„Es heißt ,Clip' und ,Klicks'", sagte Yariv schmunzelnd.

„Ich hatte keine Ahnung und wollte dich nicht bloßstellen, Angelos. Ein bisschen Spaß und die Stavrakis in die Anstalt – das wollte ich!"

„Du hast mich aber bloßgestellt", knurrte Angelos.

„Jetzt mal halblang. Alexandros sagte etwas von 400.000 Klicks. Nein, es sind 400.000 Likes. Gerade bei uns gilt der Phallus als Symbol von Macht und Stärke. Lies einfach die Kommentare. Es sind sogar Filmangebote drunter. Die Sache macht dich populärer – und nicht lächerlich. Schade, dass ich die Messung nicht aufgenommen habe", meinte Yariv schmunzelnd. „Sonst wäre rausgekommen, dass ich abgerundet habe!"

„Dein Glück", knurrte Angelos. „Ich bin kein öffentliches Lustobjekt!"

„Ich dachte, eine Straßenlaterne ist immer öffentlich?", sagte Yariv, rannte aber nicht schnell genug aus der Küche. Angelos packte ihn am Ohr.

„So, Richter, was mache ich jetzt mit diesem respektlosen Bengel?"

„Mach doch Fotos von ihm und stell sie ins Netz!"

„Au fein", sagte Yariv.

„Wann macht André eigentlich die Autopsie von dem armen Kerl in dem Loch?", fragte Richter Mantzaris.

„Die ist schon erledigt. Unser Doktor Frankenstein hier hat das übernommen", sagte Angelos und deutete auf Yariv.

„Respekt. Und?"

„David hat das Motoröl geschluckt und ist daran gestorben", sagte Yariv.

Mantzaris verdrehte die Augen.

Angelos wusste, warum.

„Das macht die Mordanklage etwas schwierig. Aber glaube mir, Alexandros, die Israelis kümmern sich um die Täter. Vor Gericht landet die Sache nie!"

„Dann sag aber Tel Aviv, sie sollen sich unterstehen, auch noch diese Leichen bei uns abzulegen. So, jetzt setze ich mich zuhause wieder ans Internet. Schließlich bin ich ,Richter des Jahres'!"

„Besser als ,Pfosten des Jahres", knurrte Angelos.

20

Tel Aviv

Yossi Cohen starrte auf den riesigen Bildschirm an der Wand und raufte sich die Haare.

Es hatte keine drei Stunden gebraucht, bis die Einheit „Macrosoft" die SIM-Karte ausgelesen und decodiert hatte. Die Karte hatte durch Säure und Motoröl doch leicht gelitten. Aber die pickligen und teils autistischen Nerds, die ihre Einheit „Macrosoft" nannten, weil sie Microsoft verachten, waren unschlagbar. Manche keine 16 Jahre alt, krochen sie durch Glasfiberkabel

und waren in der Lage, Teheran den Saft abzudrehen. Die Ursache für den Blackout im November 2019 war kein Brand in einem Verteilerstation, sondern Eli und Ramon, die kichernd eine Millionenstadt lahmgelegt hatten.

Hoffentlich gelingt ihnen das auch bei den Atomanlagen, dem Alptraum aller Israelis.

Yossi verstand diese Besessenheit nicht. Israel ist selbst Atommacht und hatte auch niemand gefragt, geschweige denn die Existenz einer Atombombe je zugegeben. Verlangt man von den Iranern, alles offenzulegen, sollten wir dies auch tun. So könnte man Teheran in Zugzwang bringen. Doch der Scharlatan in der Kaplan Street hatte Yossi für verrückt erklärt.

„Was soll das, Herr Premierminister? Jeder weiß, dass die Anlage in Didoma steht. Im Internet findet man sogar einen Plan des Komplexes. Wir würden uns nichts vergeben, aber die Mullahs hätten ein entscheidendes Argument weniger!"

„Politik überlassen Sie bitte mir. Dafür bin ich gewählt", lautete die Antwort.

Dabei war Yossi klar, dass man Teheran den Weg wenigstens so beschwerlich wie möglich machen muss. Vorsprung war schon immer das Erfolgsrezept Israels.

Sein IPhone brummte.

„Was soll mir der Zahlensalat bringen?", raunzte er in sein Handy.

„Oh, sorry. Zeigt es einen ‚default error'? Dann müssen Sie nur ins Bios und …!"

„Eli, du hast zehn Sekunden, um mir zu sagen, was auf der Karte ist. Und denk nicht mal daran, mir eine GPS-Position durchzugeben. Ich will nur grob wissen, wo der Kahn liegt!"

„Sie haben Glück, Chef. Das Ding liegt praktisch im Vorgarten Ihres Freundes. Der mit dem großen Pfosten!"

Eli kicherte.

Es dauerte bis Yossi begriff.

„Die ‚Anna' liegt vor Mykonos?"

„Nein, eher *auf* Mykonos. Dreihundert Meter vor der Ostküste!"

Yossi grinste.

Angelos flippt zwar aus, aber er wird uns helfen. Und wir könnten im Hintergrund bleiben. Perfekt.

Beim Gedanken an Angelos im Taucheranzug musste Yossi lächeln.
Die Haie würden ihn für ein Segelschiff mit großem Kiel halten.

21

Es sollte ein friedlicher Nachmittag werden. Yariv stand an der Staffelei und arbeitete an seiner Kombination aus Realismus und Abstrakter Kunst.
Angelos hingegen lag auf dem Sonnenbett und betrachtete das Kunstwerk Yariv.
Er ist schön. Aber alles, was man in einer Beziehung erst später entdeckt, übertraf die optische Erscheinung. Er ist mutiger und handelt überlegter als ich. Die Nacht in dem Keller bei Ano Mera, als sie ihm den kleinen Finger abschnitten, schien keine Spur hinterlassen zu haben. Gerechnet hatte Angelos mit Alpträumen und Heulkrämpfen. Nichts. Und es war nicht gespielt. Yariv war einfach cool. Und erfrischend kritisch und selbstbewusst. Kein automatisches „Ja, Angelos". Sicher, es ist anstrengender, aber so viel ehrlicher. Ich bin ein Glückspilz.
„Du starrst auf meinen Hintern, ich spüre den brennenden Blick. So kann ich mich nicht kon-

zentrieren", sagte Yariv und setzte sich neben Angelos.

„Wir brauchen einen 3D-Drucker, Großer!"

„Ah. Du möchtest ein Spielzeug haben. So etwas wie mein Computertisch, den ich nicht in die Küche stellen durfte?"

Yariv grinste.

„Gut. Wir stellen den Esstisch ins Wohnzimmer und machen aus der Küche den Technikraum.

Guter Kompromiss. Dann ist das so beschlossen. Sitzung beendet!"

Yariv küsste Angelos auf die Backe.

„Und wozu brauchst du den Drucker?", fragte Angelos.

„Ich mache einen 3D-Scan von deinem Penis, vergrößere ihn und drucke ihn aus. Als Basis für eine Skulptur mit Applikationen!"

„Nur über meine Leiche. Mein bestes Stück ist schon öffentlich genug – dank dir", knurrte Angelos.

„Die alten Griechen hatten kein Problem mit Sexualität. Wir tun immer so modern, sind aber Lichtjahre hinter der Antike. Deine Reaktion ist das beste Beispiel. Dir ist die Geschichte irgendwie peinlich und du sagst ‚mein bestes Stück' statt ‚mein Penis oder mein Schwanz'. Es ist das Symbol für Kraft und Wachstum", sagte Yariv.

Angelos blickte in seine Shorts und sagte:

„Hallo, mein Penis. Wusstest du, dass du das Symbol für Kraft und Wachstum bist?"

Yariv lachte laut.

„Willst du das Werk vor die Tür stellen?", fragte Angelos.

„Nein. Auf die Uferpromenade. Der Bürgermeister soll ein Faible für Künstler zu haben", antwortete Yariv und blinzelte mehrmals.

„Der Bürgermeister hat nur ein Faible für einen Künstler!"

„Hm. Ich glaube, das reicht mir", sagte Yariv, als das Handy brummte.

„Wäre ja auch zu viel verlangt. Ein Nachmittag Ruhe", knurrte Angelos.

„Hast du einen Geigerzähler?", fragte die Stimme.

„Bitte sag mir jetzt nicht, dass der Kahn vor meiner Küste gesunken ist", sagte Angelos.

„Genau 512 Meter vor der Ostküste", sagte Yossi, „Ich wusste es. Und jetzt möchtest du, dass eines eurer Schiffe das Wrack untersuchen kann, oder?"

„Mitnichten. Bist du schon einmal getaucht? Also so richtig?"

Angelos stellte auf laut.

„Yossi, du hast einen Knall. Wieso sollen wir da runter?"

„Weil alles andere zu auffällig wäre. Ein Schiff, das in der Ägäis vor Anker liegt – da kann ich gleich eine E-Mail an Teheran schicken! Ein Tauchausflug von Touristen ist auf Mykonos vollkommen normal. Jeder Taucher weiß, wie schön das Riff ist. Besonders beliebt ist das Wracktauchen", sagte Yossi.

„Du brauchst mir nicht unsere Werbebroschüren vorzulesen", knurrte Angelos. „Und was sollen wir deiner Meinung nach tun? Eine Box mit Uran hochholen und dann mit DHL an ‚Schnüffler-bande, Tel Aviv' schicken?"

„Du hast doch einen Geigerzähler dabei. Was soll denn passieren?"

Plötzlich drehte sich Yariv um und sagte:

„Hallo Yossi. Klar tauchen wir da runter. Hab ich zwar noch nicht gemacht, aber genau deswegen!"

„Ich liebe deinen Mann", sagte Yossi.

„Und ich könnte ihn manchmal auf den Mond schießen", fluchte Angelos.

22

Angelos und Yariv fuhren an Ano Mera vorbei in Richtung Kalafati.

„Wie tief liegt das Wrack eigentlich?", fragte Yariv.

„Sechzig Meter laut Yossi. Also bestimmt achtzig", knurrte Angelos, dessen Begeisterung für einen Tauch-Schnupperkurs mit radioaktiver Beilage sich noch immer sehr in Grenzen hielt.

„Das kriegen wir schon hin. Kennst du den Tauchlehrer?", sagte Yariv.

Oh ja. Angelos kannte ihn. Willi. Deutscher oder Österreicher.

„Wir tauschen in jedem Fall die Sauerstoff-flaschen. Bei mir füllt er bestimmt mit Senfgas", meinte Angelos.

„Wieso?"

„Weil Willi seine Tauchausflüge gerne mit einer Pause auf Dragonisi aufpeppt. Die Höhlen sind wirklich spektakulär und so ziemlich jeder Hotelier hat bei mir angerufen, wir sollten die Insel öffnen. Sie hatten schon fertige Pläne für einen Landungssteg mit Kiosk. Aber da wird nichts draus. Solange ich Bürgermeister bin, bleibt Dragonisi für Touristen gesperrt. Schließlich ist schon der ganze Rest der Insel zugebaut und überfüllt. Renia und Dragonisi bleiben Sperr-gebiet!"

„Klingt vernünftig, aber was hat das mit Willi zu tun?"

„Nun. Für jedes Betreten von Dragonisi gibt es ein Bußgeld von 500 Euro", erklärte Angelos.

„Aha. Und wie viele waren es heuer schon?"

„Ich schätze zehn oder elf", sagte Angelos.

„Das sind ja beste Voraussetzungen", antwortete Yariv.

Das „Mykonos Diving Centre" liegt nicht direkt am Meer, sondern oberhalb von Kalafati-Beach, in der letzten Kurve, die zum Strand hinabführt.

Es war der typisch griechische einstöckige Flachbau mit einem Fischernetz über dem Hof.

Willi saß in einem Sonnenstuhl. Als er Angelos sah, verdrehte er die Augen.

„Ich bin unschuldig", sagte Willi prophylaktisch.

„Keine Sorge. Ich bin als Zivilist hier. Wir beide würden gerne tauchen lernen. Am besten so in zwanzig Minuten", sagte Angelos.

„Du machst Scherze. Vor dem ersten Tauchgang braucht ihr zwei Theoriestunden. Das ist etwas anderes als Schnorcheln. Suchst du etwas bestimmtes?"

„Nö. Wir hatten einfach Lust auf ein neues Hobby", sagte Angelos.

„Wer´s glaubt", knurrte Willi. „Wohin und wie tief?"

„Sechzig Meter. Wohin, sagen wir dir später!"

„Sechzig Meter ohne Vorkenntnisse?", fragte Willi ungläubig. „Sag uns, was du suchst und wir übernehmen das!"

„Geht nicht. Wir dürfen es dir nicht vorher sagen. Aber als Bezahlung schlage ich dir vor, du bekommst zehn deiner Tauchpausen auf Dragonisi genehmigt!"

Man sah, wie Willis Registrierkasse im Kopf zu arbeiten begann. Ausflüge inklusive Dragonisi verkauften sich prächtig, trotz der horrenden Preise – wie alles, was verboten ist.

„Aber ohne Gewähr. Und das unterschreibst du mir vorher. Wir bleiben im Boot oben. Aber ihr müsst exakt das tun, was wir euch sagen. Ohne Druckausgleich bekommt ihr Probleme!"

„Beim Aufstieg, oder?", fragte Yariv.

Willi seufzte.

„Nein. Beim Abstieg ist es wichtig. Bei sechzig Meter ist der Druck sechs Mal so hoch wie oben. Da platzt schon mal das Trommelfell!"

„Das wird bei dir ein Problem", sagte er zu Yariv.

„Warum nur bei mir?"

„Weil der Herr Bürgermeister zur Not seinen Riesenschnorchel einsetzen kann", sagte Willi und prustete los. Selbst Yariv kicherte.

„Ihr könnt mich mal", sagte Angelos und ging zurück zum Auto.

„Bleib da, Großer. Ich verspreche auch nicht zu lachen, wenn du im Neoprenanzug steckst", sagte Yariv.

Nach 30 Minuten Schnellkurs fuhren Angelos, Yariv und Willi zum Steg. Willis Geschäftspartner Thomas machte das Boot klar.

„Du siehst sowas von scharf aus in dem Ding. Wir brauchen es unbedingt für Zuhause", flüsterte Yariv in Angelos Ohr.

„Soll ich noch Flossen kaufen und beim Sex damit wedeln?", fragte Angelos zurück.

„Nette Idee!"

„Wohin sollen wir jetzt?", fragte Willi.

Angelos reichte ihm einen Zettel mit den GPS-Daten. „Da liegt ein Wrack".

„Klar liegt da ein Wrack. Die ‚Anna'. Was wollt ihr da?"

23

Warum schaut ihr so entgeistert?", fragte Willi.

Aber Angelos konnte noch immer nichts sagen.

„Ihr habt das Wrack entdeckt?", war der erste Satz, nachdem er sich gefangen hatte.

„Schon vor zehn Jahren. Es schwammen Teile auf der Wasseroberfläche, als wir einen Tauchausflug machten. Thomas und ich sind am nächsten Tag runter und haben die ‚Anna' entdeckt!"

Yariv lachte laut los.

„So viel zur Bedeutung von Geheimdiensten!"

„Ge-ge-heimdienste?", stammelte Willi.

„Warum habt ihr das nicht gemeldet?", fragte Angelos.

Willi holte tief Luft.

„Es ist ganz einfach", begann Willi, aber Angelos ging wütend dazwischen.

„Eine Bucht weiter ist ein Mensch lebendig begraben worden. Er könnte immer noch leben, wenn ..., ich nehme an, es gab geschäftliche Gründe, oder?"

„Wir haben uns beraten. Der Kahn war ein richtiger Seelenverkäufer. Es gab keine Rettungsringe, nichts. Also war es ein Seegrab. Und Öl ist keines ausgelaufen", sagte Willi.

Angelos grinste.

„Netter Versuch. Der wahre Grund ist doch ein anderer. Wracktauchen ist ein Riesengeschäft. Nur gibt es rund um Mykonos nur eines, die ‚Peloponessos'!"

„Wäre ein zweites gefunden worden, hättet ihr Konkurrenz bekommen!"

„Nein, so war …", wehrte sich Willi, aber Thomas ging dazwischen.

„Hör auf, Willi. Er hat recht", sagte Thomas.

„Wir leben davon. Wäre ein größerer Anbieter aufmerksam geworden, hätten wir dichtmachen können. Mykonos musste ein Geheimtipp bleiben. Ein zweites Wrack hätte alles zerstört!"

Es herrschte betretenes Schweigen auf dem Boot.

„Was passiert jetzt?", fragte Willi.

„Wir fahren raus und wir tauchen – mit diesem Gerät hier", sagte Angelos grinsend.

„Was ist das?", fragte Willi.

„Ein Geigerzähler", antwortete Angelos, jede Silbe genüsslich betonend. „Wenn euch eine dritte Brustwarze gewachsen ist, wisst ihr jetzt wenigstens warum."

24

Wir sind da", sagte Willi und stellte die Motoren ab.

„Sind da Mikros drin?", fragte Yariv, als Thomas den Reißverschluss nach oben zog.

„Schauen wir aus wie Krösus? Da unten arbeitet man mit Handzeichen. Genau so etwas lernt man im theoretischen Teil. Aber den wolltet ihr ja überspringen!"

„Funktionieren die kleinen Bluetooth-Earphones?", fragte Yariv und schaute dabei Angelos an.

„Hat euer Funk eine zusätzliche Bluetooth-Funktion?", fragte Angelos.

Willi zuckte mit den Schultern.

„Ja", sagte Thomas. „Aber in der Tiefe kann ich mir nicht vorstellen, dass es funktioniert! Bluetooth läuft auf 2,4 Gigahertz!"

„Und das heißt was?". fragte Angelos.

„Dass bei maximal zwei Meter Schluss ist", antwortete Thomas.

„Na toll. Dann mal los", sagte Angelos.

„Denkt dran: auch abwärts in Etappen. Die Lampe hänge ich bei dir rechts an, Angelos, und du bekommst das hier", sagte Willi und befestigte ein schwarzes Rohr.

„Was ist das?"

„Eine Harpune. Zwar gibt es bei uns keinen weißen Hai, aber die kleinen Mistviecher können lästig sein. Die Beißerchen sind wie Rasier-klingen!", erklärte Willi.

„Sind Harpunen nicht länger?", fragte Yariv.

„Die hier arbeiten mit Druckluft. Aber Vorsicht. Es gibt keinen Sicherungsbügel!"

„Wieviel natürliches Licht haben wir noch bei 60 Meter Tiefe?", fragte Angelos.

Willi lachte.

„Landeier. Genau null. Es ist stockfinster!"

„Wie beruhigend", sagte Yariv, setzte das Mundstück ein und machte das Ok-Zeichen.

Sie waren keine zwanzig Meter tief, als die Sicht schon deutlich nachließ.

Schon nach einem Meter war die Funkverbin-dung ausgefallen.

Man sieht nicht einmal die Hand vor den Augen. Kurz bekam Angelos Panik. Was ist, wenn am Grund ein Felsen herausragt und einer von uns draufknallt? Er beschloss, nur noch mit den Armen zu rudern.

60 Meter – und noch immer sah man keinen Boden. Beim nächsten Zug aber berührte er festen Grund. Angelos öffnete den Karabiner, mit dem die Lampe am Anzug befestigt war.

Aber wenn er erwartet hatte, dass mit dem Licht deutlich mehr zu sehen war – nein, vier, fünf Meter trübe Brühe.

Das Wrack musste in maximal zwanzig Meter Entfernung sein. Angelos beschloss, einen kleinen Kreis zu tauchen.

Da war sie. Der Bug der „Anna" war das erste, was er sah. Erst direkt davor konnte man ein

Schiff, nein, einen Kahn, erkennen. Angelos schaute auf den Geigerzähler. Leicht über dem roten Strich, aber das war die natürliche Strahlung, die am Meeresboden etwas über der Norm lag. Entweder hatte die „Anna" nie spaltbares Material an Bord, oder die Box war noch immer dicht. Oder man hatte sie längst abtransportiert. Aber Willi und Thomas hatten geschworen, dass sie niemand davon erzählt hatten. Und keine der Tauchtouren gingen tiefer als 25 Meter.

Angelos erkannte die vordere Ladeluke. Dann das, was man als Brücke hätte bezeichnet werden können. Die „Anna" lag vollkommen flach auf Grund.

Angelos zwängte sich durch die rechte Öffnung. Er schaute auf den Geigerzähler. Die Werte stiegen über das natürliche Maß hinaus.

Die Box musste noch da sein. Wahrscheinlich war sie sogar beschädigt. 24 Jahre waren hinsichtlich der Radioaktivität vorgestern.

Hoffentlich will er nicht in die Laderäume, dachte Yariv.

Plötzlich streckte sich Angelos´ Körper, dann kippte er langsam vornüber. Yariv sah, dass etwas in Angelos´ Rücken steckte.

Yariv schnappte sich die Lampe, die Angelos hatte fallen lassen und leuchtete die Szenerie aus. Ein schwarzer Stab steckte in Angelos´ Schulterbereich, gleichzeitig stiegen große Luftblasen senkrecht nach oben. Erst jetzt sah Yariv, warum. Das Geschoss hatte die Sauerstoffzufuhr beschädigt. Yariv packte Angelos am Kopf, klemmte das Licht unter die Achsel, damit es nicht so stark blendete. Angelos´ Augen waren geweitet. Wie ein Fisch an Land. Er bekommt keine Luft, dachte Yariv.

Er drehte Angelos und drückte auf die Stelle, aus der die Luftblasen aufstiegen. Sofort merkte er, dass sich Angelos´ Körper entspannte und aufpumpte. Wie sag ich ihm jetzt, dass wir langsam aufsteigen müssen? Blutschlieren glitten quer durch das Wasser. Gott sei Dank drehte Angelos leicht den Kopf. Yariv nahm die Hand vom Luftschlauch, machte vor Angelos das

Zeichen für Schwimmen und ein T. Angelos nickte, bekam aber wieder Luftnot. Dann versuchte er nach dem Geschoss zu greifen, aber Yariv zog seine Hand weg und schüttelte mit dem Kopf. Er zeigte nach oben und Angelos versuchte nach oben zu kommen, aber er konnte den linken Arm nicht bewegen. Yariv deutete auf die Füße und Angelos begann mit den Beinen und den Flossen zu arbeiten. Yariv

hielt sich an Angelos´ rechter Schulter fest, um auf den Luftschlauch drücken zu können.

Bei vierzig Metern ließ er los. Augenblicklich kam Angelos ins Taumeln. Wieder zeigte Yariv das T und legte den Finger auf die undichte Stelle.

Es wurde heller. Jetzt musste er Angelos nach-drücklicher bremsen. Die Angst und die Schmerzen würden ihn sonst intensiv nach oben treiben. Aber Angelos begriff diesmal sofort, was das Loslassen bedeutete.

Ein Schatten zog über sie hinweg. Ein anderes Boot.

Vom Grund bis zur Oberfläche brauchten die beiden gerade mal vier Minuten. Es kam Yariv vor wie eine Stunde.

Angelos schnappte nach Luft und musste husten.

„Leg den rechten Arm um mich und halt dich fest. Ich kann die Flaschen nicht abnehmen, weil das Ding noch i deinem Rücken steckt!"

Angelos konnte nur nicken.

„WILLI! THOMAS!", brüllte Yariv.

Yariv erreichte die Plattform und stemmte sich hoch. Er warf die Flaschen ab und zog Angelos an seinem rechten Arm hoch. Dann packte er das rechte Bein. Als Angelos sicher dalag, ließ sich Yariv auf den Rücken fallen.

„Wo sind diese Idioten?", sagte Yariv leise, weil er noch zu erschöpft war.

„Großer, geht's soweit?"

„Abgesehen davon, dass mir ein Anker im Rücken steckt, ja!"

Yariv lachte.

„Es sieht mir eher nach einer Harpune aus!"

„Aha. Warst du das?"

Wieder lachte Yariv.

„Nein. Aber das Ding muss drinbleiben. Das hat Widerhaken!"

Mühselig stand Yariv auf und quälte sich die Treppe hoch.

Ihm stockte der Atem.

An Deck lagen Willi und Thomas in einer Blutlache. Thomas atmete noch, aber flach.

Er öffnete den Mund, brachte aber nichts mehr heraus.

Der Schatten, dachte Yariv. Das zweite Boot. Aber wir hätten nichts ausrichten können, selbst wenn wir schneller aufgetaucht wären. Unsere Waffen liegen im Wagen.

Yariv kniete sich neben die Treppe.

„Angelos! Willi und Thomas sind tot. Da war ein anderes Boot, ein Schatten, kurz bevor wir auftauchten!"

Was mache ich jetzt, fragte sich ein erschöpfter Yariv.

Angelos muss ins Krankenhaus. Ihn in Kalafati umzuladen, wäre schmerzhaft.

„Liegst du sicher? Ich fahre zum Hafen und verständige die Klinik!"

Gott sei Dank lag das Handy noch an derselben Stelle, Er wählte die Nummer der Klinik.

„André? Hör zu. Ich brauche einen Krankenwagen in den Hafen. Angelos hat eine Harpune im Rücken!"

„Dann pack deine Harpune weg. Lasst mich mit euren Spielchen in Ruhe!"

„Du Idiot. Ich meine es ernst. Sie steckt in der Schulter. Kannst du das oder soll ich Athen rufen?"

„Scheiße. Sanka kommt", sagte André und legte auf.

Dann hat wohl doch jemand von dem Schiff gewusst", presste Angelos hervor.

„Nein. Genau das glaube ich nicht", sagte Yariv.

25

"Endlich", sagte ein erschöpfter Yariv, als Angelos in das Untersuchungszimmer hineingeschoben wurde.

Chefarzt André starrte auf die Harpune als handele es sich um eine Waffe von Außerirdischen.

"Hast du Schmerzen?", fragte André und bereute die Frage sofort.

"WAS GLAUBST DU WOHL?", brüllte Angelos, dem das Wasser von der Stirn lief.

"Gut. Dann schneiden wir zuerst den Anzug auf. Eleni, ich brauche das Röntgengerät!"

Der Neoprenanzug war allerdings ein harter Gegner. Je näher André der Harpune kam, desto mehr stöhnte Angelos.

Als die Wunde frei lag, positionierte André die Röntgenkanone auf die Wunde und drückte mehrmals auf den Auslöser.

Als er und Yariv die Bilder auf dem Laptop ansahen, wussten sie, warum Angelos solche Schmerzen hatte. Die Spitze steckte im Schlüsselbeinknochen und die Harpune hatte Widerhaken, die aber neben der eigentlichen Wunde unter der Haut zu sehen waren.

"Abflexen?", fragte André. "Rausziehen geht jedenfalls nicht. Wir würden noch mehr Gewebe zerstören!"

"AN MIR WIRD NICHT GEFLEXT. RUFT NIKOS VON DER FEUERWEHR!"

„Die Rettungsschere hilft uns hier auch nicht", sagte André.

„ER WAR FISCHER, HERRGOTT. YARIV. RUF AN", bellte Angelos.

Zehn Minuten später war Nikos da.

„Grundgütiger", war sein erster Kommentar.

„Wir überlegen, ob wir die Harpune abschneiden sollen", sagte André.

„Um Gottes Willen, nein. Das ist eine Salimar Hero, teures Gerät. Die Harpune dreht sich nach dem Einschlag im Körper und die Haken bohren sich in das Gewebe neben der Wunde. Damit soll verhindert werden, dass der Wal oder was auch immer, sich durch heftige Bewegungen befreien kann. Habt ihr ein Röntgenbild?", fragte Nikos.

Yariv nickte und gab Nikos die Aufnahme. Der legte sie neben die Wunde.

„Eine Drehung um 40 Grad nach rechts. Wir müssen die Harpune um den Wert nach links drehen, dann müssten die Haken in der Wunde zu sehen sein", sagte Nikos. „Aber das wird schmerzhaft!"

„Mach einfach", sagte Angelos.

Fünf Minuten später flog das Geschoss quer durch den Raum. Die Besitzerin des Kiosks neben der Klinik meinte später, sie hätte noch nie einen derartigen Schrei gehört.

„Nähen und dann heim", presste Angelos hervor.

„Angelos. Vom Knochen ist ein Teil abgesplittert. In der Wunde ist Salzwasser und garantiert auch Bakterien. Wir verbinden nur. Antibiotikum und dann müssen wir täglich schauen, ob sich eine Infektion entwickelt", sagte André.

Fünf Minuten später verließ Angelos, von Yariv gestützt, die Klinik.

26

„Tauchen tust du in Zukunft alleine", knurrte Angelos, als sie wieder zuhause waren und in der Küche saßen.

„So, Großer, hier ist der Espresso. Ich muss ein kurzes Telefonat führen", sagte Yariv mit hochrotem Gesicht.

„WAS LOS IST? DAS KANN ICH DIR SAGEN. ZWEI TOTE TAUCHER UND MEIN GATTE BEKAM EINE HARPUNE IN DEN RÜCKEN!"

„Das tut mir leid. Habt ihr die Box gefunden?", fragte Yossi.

„ICH SCHEISSE AUF DIE BOX. ANGELOS KÖNNTE TOT SEIN. UND SCHULD SEID IHR. AUF MYKONOS WUSSTE NIEMAND VON DEM WRACK. NUR IHR WUSSTET ES. DU HAST EINEN VERRÄTER IN DEINEM LADEN", brüllte Yariv mit hochrotem Kopf.

„Das kann nicht sein", antwortete Yossi.

„Dann habe wahrscheinlich ich auf Angelos geschossen, oder wie? Du hast vergessen, dass schon David verraten wurde. Woher wussten die anderen, auf welchem Schiff er war und wohin es fuhr?"

Er hat recht, dachte Yossi.

„Wer wusste von dem Wrack?", fragte Yariv.

„Ich und die Cyberjungs. Ein Verräter unter denen?"

Yossi stöhnte.

„Selbst wenn dem so ist, darf ich nicht ermitteln. Das ist ein Fall für den Inlandsgeheimdienst, den Shin Bet. Und bevor ich die anrufe …"

„ …hackst du dir beide Hände ab. Schon klar. Ich würde vorschlagen, du speicherst alle Personaldateien deiner Jungs auf einem Stick und kommst hierher. Du und zwei Kommissare – wir finden ihn. Und dann wird er bezahlen", sagte Yariv und wischte das Gespräch weg.

„Kleiner, so wütend habe ich dich noch nie erlebt", sagte Angelos.

„Ich hasse Verräter. Ich wäre damals fast gestorben während der Razzia. Außerdem haben nur ein paar Zentimeter gefehlt und du wärst jetzt tot! Gott sei Dank hat es nicht den wichtigsten Teil getroffen!"

„Du meinst sicher meinen Kopf", sagte Angelos grinsend.

„Aber natürlich. Was sonst?"

27

Es war vier Uhr morgens, als Yariv aufwachte und neben sich ein leeres Bett sah. Als er die Treppe hinunterging, roch er Kaffee.

„Großer, was machst du hier? Schmerzen?"

Angelos nickte.

„Aber deswegen brauchst du nicht aufstehen. Leg dich wieder hin!"

„Wenn es dir nicht gut geht, lege ich mich bestimmt nicht wieder hin. Gut. Espresso. Und danach French Toast?", fragte Yariv, der wusste, dass French Toast Angelos´ Lieblingsfrühstück war, der aber „komplizierte Arbeiten" vor mittags nicht mochte.

Angelos lächelte dankbar.

„Ist es nur der Schmerz oder geht dir noch anderes durch den Kopf?", fragte Yariv.

„Ich habe telefoniert", sagte Angelos.

„Um vier Uhr früh??"

„Ich wollte mit Stefanopoulos sprechen!"

„Dem Reeder? Der steht doch bis zum Hals im kriminellen Sumpf", knurrte Yariv.

„Das Wort Reeder impliziert schon ‚kriminell'. Ich hatte in Saloniki mit ihm zu tun, als auffiel, dass er erstaunlich viele Container auf See verloren hatte. Die Versicherungen machten Druck. Aber er war clever, ich konnte ihm nichts nachweisen. Es war wie ein sportlicher Wettkampf, wir haben uns respektiert. Mir ist einiges unklar und ich brauchte die Meinung eines Fachmanns. Also habe ich ihn angerufen", sagte Angelos. „Seine Sekretärin sagte, er sei in New York – deswegen bin ich so früh raus!"

Yariv goss die verquirlten Eier über die Toastscheiben und gab die Walnussstückchen dazu.

„Und was sagt der Experte?"

„Wir brauchen uns momentan keine großen Sorgen machen. Die Iraner wissen zwar, wo das Wrack liegt, aber das hilft ihnen nicht sehr viel. Mit Tauchern bekommst du die Box oder Kiste nicht nach oben. Auch deswegen, weil du sie nicht findest. Ein normales Bergungsschiff hilft auch nichts, denn nach so langer Zeit kann es sein, dass das Schiff auseinanderbricht, vor allem dann, wenn es schon vorher nicht in bestem Zustand war. Man braucht also ein Bergungsschiff mit Mini-U-Boot. Nur das U-Boot kann den Fundort richtig ausleuchten. Ich hab´s mir im Netz angesehen. Die Dinger sind mehr tauchende Flutlichtanlagen denn U-Boote!"

„Und wenn die Iraner einfach eines mieten?", fragte Yariv.

„Stefanopoulos meinte, diese Spezialboote sind auf Jahre ausgebucht. Es gibt nicht genug!"

„Und wenn die Iraner etwas Kleingeld auf den Tisch legen, um auf der Warteliste nach vorne zu rutschen?"

„Gute Frage. Deswegen habe ich Stefanopoulos dieselbe Frage gestellt. Das nächste Schiff liegt momentan in Mariupol und würde mindestens sechs Tage bis Mykonos brauchen. Genug Zeit für uns, den Verräter zu finden. Erst wenn das Loch dicht ist, können wir weitermachen. Und ohne Yossi geht es nicht. Über David konnte Mantzaris hinwegsehen, aber bei Willi und Thomas, zwei Mykoniern, wird er auf eigenen Ermittlungen bestehen!"

„Zu Recht. Aber was machen wir, wenn wir das Loch gestopft haben? Dann bleibt immer noch die Hauptfrage: wie kriegen wir das Zeug an die Meeresoberfläche, vorzugsweise vor den Iranern?", fragte Yariv.

„Vielleicht müssen wir gar nichts bergen", antwortete Angelos.

Yariv zog eine Augenbraue hoch.

„Du hast einen Plan?"

„Ja. Folgendes …"

Fünf Minuten später lachte Yariv.

„Das klingt verrückt. Aber genau deswegen könnten es die Iraner schlucken. Deinen French Toast hast du dir verdient!"

„Und die Nachspeise?"

„Das ist eine Nachspeise. Was du meinst, fällt unter Sport und ist dir untersagt", meinte Yariv grinsend.

„Schon, aber wenn ich ruhig sitzenbleibe?"

28

Eli Lyasi verließ den unscheinbaren Bürokomplex am Autobahnkreuz Rod. Er registrierte es schon nicht mehr: beim Verlassen des Gebäudes entgleisten ihm schon seit Wochen die Gesichtszüge. Das Lächeln erstarb, die Wangen fielen nach unten und der Blutdruck sackte ab.

Neun Stunden Show waren vorbei. Neun Stunden, in denen er den verstrahlten Nerd spielen musste, der dauernd schräge Witze von sich gab. Jetzt, auf dem Parkplatz, war er das, was er ist. Ein nervliches Wrack. Zum wiederholten Male wusste er nicht mehr, wo er seinen Wagen geparkt hatte. Zehn Minuten lief er die Reihen ab, immer wieder den Öffner drückend. In der fünften Reihe blinkte es dann.

Er stieg ins seinen Nissan und sank über dem Lenkrad zusammen. Lang werde ich nicht mehr durchhalten. Nichts war mehr übrig von dem respektlosen, aber genialen Informatiker, der sich seine Stellenangebote heraussuchen konnte und schließlich beim Geheimdienst gelandet war. Der schwerste Fehler seines Lebens. Und vermutlich der letzte.

Seit den Ereignissen vor zehn Monaten hatte er keine Nacht mehr durchgeschlafen. Zwei Träume suchten ihn immer wieder ein: er vor einem Erschießungskommando. Oder seine Schwester

Sara, wie sie von bärtigen Bestien vergewaltigt und geschlagen wird.

Eli wollte den Wagen starten, aber just in diesem Moment erschienen diese Bilder wieder. Sie waren so stark, dass ihm die Tränen kamen.

Sara, wo bist du?

Sara, bist du noch am Leben?

Ich bin es nicht mehr.

Als Analyst hatte er zunächst die Lage sachlich betrachtet. Welche Möglichkeiten habe ich?

Möglichkeit A führt zu A1 und A2, danach verästelt sich der potentielle Handlungsstrang weiter zu A11, A12 und A 13. Am Ende hatte Eli vier Diagramme erstellt, aber alle endeten unbefriedigend. Es gab zwei Varianten:

Ich werde sterben.

Oder Sara wird sterben.

Es war ein schöner Frühlingstag, als ihn abends ein Anruf ereilte. Ein Mann erklärte ihm, seine Schwester sei jetzt im Südlibanon. Ihr werde nichts passieren, wenn er – Eli – sich kooperativ zeigen würde. Ein langanhaltender Schrei Saras zeigte Eli, dass es sich um keinen Scherz handelt.

Kurz spielte er mit der Möglichkeit, sich seinem Chef zu offenbaren, aber er kannte die Gepflogenheiten des Dienstes. Man würde ihn als Sicherheitsrisiko betrachten und entlassen, wenn nicht sogar festnehmen. Und dann wäre Sara tot. Als er das Video von David ansehen musste, wusste Eli, dass es für ihn keinen Ausweg mehr gab. Er hatte diese Information weitergegeben.

Aber der Mann am Telefon erklärte ihm, dass er nun ein Verräter und Mörder sei – und zwar für immer. Er hatte Recht.

Aber man wolle nicht grausam sein und ihn nach ein paar weiteren Gefälligkeiten nicht mehr behelligen. Natürlich würde dann auch Sara freigelassen.

Natürlich.

Seit Davids Video konnte Eli erst recht nicht mehr klar denken. Er funktionierte nur noch.

Eli fuhr ins Parkhaus des Dizenhoff-Centers und verließ es durch den Nordausgang. Er bog in die Pinisker-Road ab. Nach etwa einhundert Metern hielt er an einem Stromverteilerkasten an und tat so, als müsse er sich die Schuhe binden. Tatsächlich aber schaute er, ob am unteren Ende des Seitenteils eine Markierung war.

19 D.

Die Markierung war von heute, dem 19. und D war der vierte Treffpunkt. Jaffa, im heruntergekommenen Innenhof des ersten Blocks.

Eli schüttelte den Kopf. Markierungen im Zeitalter von Nanogels und Alexa. Wahrscheinlich ein Liebhaber von Le Carré. Oder jemand, der dem Analogen mehr traut. Nicht ganz zu Unrecht.

Wenige Stunden später hätte niemand Eli wiedererkannt. Wie jeder Agent hatte er mehrere Seminare über Verkleidungstechnik und Verfolgerabschütteln absolviert. Sein Kapuzenpulli verdeckte praktisch das ganze Gesicht, den

Rest erledigte eine übergroße Sonnenbrille. Hinzu kam das Fake-Tattoo am Hals.

Eli stand in dem Innenhof, der penetrant nach Urin stank. Passend, denn ich stinke auch. Nach Verrat.

Punkt 22.00 Uhr erschien der Mann, der sich Amar nannte. Ihm genügte eine Sonnenbrille, als wäre diese nachts nicht auffällig genug. Wahrscheinlich hatte die Brille einen psychologischen Grund. So musste sich Elis Blick auf das dreckige Grinsen Amars fokussieren.

„Das Ganze muss aufhören. Ich trage die Schuld an mehreren Toten. Es reicht!"

„Es reicht, wenn ich es sage. Oder ist Ihnen das Schicksal Ihrer Schwester egal? Ich habe übrigens ein Bild dabei!"

Amir reichte Eli ein Foto.

Sara sah mehr als schlecht aus und hatte Blutergüsse im Gesicht.

„Ihr seid Bestien", knurrte Eli.

„Ihr seid auch nicht besser. Zurück zu Ihren Aufgaben. Wir müssen wissen, was auf Mykonos geplant ist. Und zwar schnell. Übliches Verfahren", sagte Amar und verschwand.

29

Auf Mykonos lagen Angelos und Yariv im Bett, konnten aber nicht mehr schlafen. Um 8 Uhr 30 brummte Angelos´ Handy, das auf Yarivs Nachttisch lag.

„Welch Freude. Der Premierminister für dich!"

Angelos verdrehte die Augen. Und zunächst kam er auch nicht zu Wort.

„"WANN GEDACHTEST DU MIR MITZUTEILEN, DASS IN GRIECHISCHEN GEWÄSSERN EINE KISTE URAN HERUMLIEGT? ODER GEHÖRT MYKONOS NICHT MEHR ZU GRIECHENLAND? WEISST DU, WER GERADE ANGERUFEN HAT? MEIN KOLLEGE AUS JERUSALEM. DEN ICH _ WIE DU WEISST _ VERABSCHEUE. ER IST EIN WIDERLICHER …"

„Vorsicht, Antonis. Du willst dich doch sicher nicht als Antisemit outen?", fragte Angelos, was Migiakis noch mehr aufbrachte.

„Ob er beschnitten ist oder nicht, interessiert mich nicht. Ich kann ihn auf den Tod nicht ausstehen. Er wolle mich, Zitat, davon in Kenntnis setzen, dass vor Mykonos ein Schiff mit Uran auf dem Meeresgrund liegt – und jetzt kommt es: die Behörden auf Mykonos kümmern sich aber bereits um den Fall und man stehe in ständiger Verbindung. Und was sagen die ‚Behörden auf Mykonos' jetzt mir? Ich bin ja nur der Premier!"

„Jetzt komm mal runter. Wäre dir eine internationale Krise mit drei Toten, darunter ein Israeli, ermordet von Iranern, lieber gewesen?

Ich versuche das Problem zu lösen, und zwar ohne die Breaking News, dass griechische Strände radioaktiv verseucht sind. Dann kannst du dich nämlich warm anziehen. Die Gästezahlen würden in den Keller rauschen und du wärst der nächste Premier, der den Staatsbankrott verkünden darf!"

Jetzt wurde auch Angelos laut.

„Außerdem habe ich mir im Rücken eine Harpune eingefangen. Danke für dein Mitgefühl!"

Stille.

„Und was genau hast du vor? Das Zeug darf da nicht liegenbleiben. Aber auch den Iranern nicht in die Hände fallen!"

„Deswegen bräuchte ich eine kleine Korvette, die ein paar Tage in dem Gebiet Spazieren fährt. Mit Festbeleuchtung", sagte Angelos. „Zur Bergung brauche ich dann schweres Gerät!"

„Apropos Gerät. Ich habe dein Video gese .."

Angelos schnaubte und wischte Migiakis weg.

Yariv lachte.

„Ein Bürgermeister, der den Premier in den Senkel stellt!"

„Ein Bürgermeister, der dem Premier den Hals gerettet hat und der etwas dankbarer sein sollte. Wann kommt Yossi?"

„Um zehn", antwortete Yariv.

30

Mir ist Papier lieber", sagte Yossi und knallte die 17 Personalakten auf den Tisch. „Aber ich glaube immer noch, dass es eine andere Erklärung als Verrat geben muss!"

„Natürlich glaubst du das. Es sind deine Mitarbeiter. Und die Annahme, dass ein Israeli sein Land an den Iran verrät, liegt außerhalb deiner Vorstellungskraft", sagte Angelos.

„Also. Nach was schauen wir zuerst?"

„Nach Waisen", schlug Yariv vor.

„Nein. Ich vermute, die meisten sind Waisen, oder?", sagte Angelos.

Yossi nickte.

„Warum gerade Waisen?", fragte Yariv.

„Weil sie keine emotionale Bindung an Dritte haben. Für Waisen ist der Geheimdienst die Familie. Außerdem sind sie weniger erpressbar, zum Beispiel bei der Entführung von Familienangehörigen. Und Waisen sind das Alleinsein und selbst zurechtkommen gewohnt, richtig?", fragte Angelos in Richtung Yossi.

„Ich fühle mich präzise beschrieben", sagte Yossi.

„Also gehen wir die Akten einfach durch und schauen nach Ungereimtheiten. Und warten auf unser Bauchgefühl", sagte Angelos.

„Bauchgefühl? Wir brauchen zumindest Indizien", widersprach Yossi.

„Jede Ermittlung beginnt mit einem Bauchgefühl. Dann überprüft man, ob die ersten Indizien dazu passen. Beweise kommen erst zum Schluss. Die Fotos hast du auf Stick?"

„Ja. Aber was sollen dir die Fotos sagen? Der Verräter wird kein ‚V' auf der Stirn tragen", sagte Yossi.

„Gemach. Erst Espresso, dann Akten und am Ende die Fotos. Du hast Fotos aus mehreren Jahren ausgewählt?"

„Ja. Alle werden turnusgemäß jährlich observiert und fotografiert. Ich habe von jedem vier ausgewählt, also die letzten vier Jahre", sagte Yossi.

„Perfekt", meinte Angelos.

Zwei Stunden später war der Kapselbehälter der De Longhi-Maschine übervoll und die ersten Kopfschmerzen machten sich breit.

„Herrgott. Bei Waisen kannst du keine Eltern überprüfen. Nicht mal beim Geburtsort kann man sich sicher sein. Das Prinzip ‚Waise bevorzugt' erscheint mir nicht schlüssig", sagte Yariv.

„Es ist nirgendwo vermerkt, ob die Waisen Geschwister haben. Hat man das schlicht vergessen?", fragte Angelos.

„Wahrscheinlich hätte man dazu Adoptionspapiere gebraucht und da ist der Zugriff nicht erlaubt, vermute ich", antwortete Yossi.

„Fangen wir mit den Fotos an. Am Besten die vier Aufnahmen chronologisch nebeneinander auf den Bildschirm", sagte Angelos und wischte auf ihrem neuen Computertisch hin und her.

„Himmel. Die meisten könnten auch glatt als Araber durchgehen", knurrte Yariv.

„Tja. Der Nahe Osten ist ein Dorf, indem jeder auf jeden schießt, aber auch jeder mit jedem schläft", sagte Yossi und lachte.

„Umgekehrt wäre vielleicht ein Ansatz für Frieden", meinte Yariv.

„Dann sollten wir vielleicht Angelos schicken. Mit seiner Friedenskanone", sagte Yossi, der blitzschnell der Zigarettenschachtel auswich.

„Idiotenpack", knurrte Angelos. „Können wir bitte weiterarbeiten?"

Leider dauerte es bis zur Nummer 15, bis Angelos „STOPP" rief.

„Wer ist das?", fragte er, da die Namen in Hebräisch geschrieben waren.

„Eli Gidoni. Aber nie im Leben. Er ist ein Kind, der noch nie im Einsatz war! Außerdem wurde er adoptiert", sagte Yossi.

„Yariv! Was fällt dir auf, wenn du die Bilder vergleichst!"

„Hm. Der Junge ist gewaltig gealtert. Augenringe, eingefallene Wangen, Strichmund. Er sieht zehn Jahre älter aus!"

„Genau. Aber das sind nur vage Beobachtungen. Etwas Konkreteres", sagte Angelos.

Es dauerte, bis Yariv es erkannte.

„Die Schläfen sind grau!"

„Genau. Unter dauerndem psychischem Stress ergrauen die Schläfen, selbst bei 20-jährigen", sagte Angelos.

„Er ist der Verräter, weil er graue Haare hat? Vielleicht war er gerade krank. Grippe. Und sieht deswegen so schlecht aus", wand Yossi ein.

„Grippe macht keine grauen Haare. Also: deine Leute kommen problemlos an Adoptionsunterlagen. Ich glaube auch nicht, dass ein Israeli sein Land an den Iran verrät. Nicht aus dem häufigsten Grund: Geld. Aber falls er einen Bruder oder eine Schwester hat und die entführt wurde ..."

„Gut. Ich sage dem Team Bescheid ..."

„NEIN. Du lässt dir den Pfad durchgeben. Die Kollegen ermitteln zu lassen, wäre unklug", sagte Angelos. „Mit dem Pfad schaffen wir das auch. Und die Steuerbehörde brauchen wir, genauer den Arbeitgeber von Schwester und Bruder", sagte Angelos.

„Schritt für Schritt", sagte Yariv

31

Schauen wir, ob wir ein Bull´s Eye geworfen haben", sagte Angelos, Sie waren auf der internen Seite der Adoptionsbehörde.

Yariv gab „Eli Gidoni" ein.

Unter „Besonderheiten" stand: Zwillingsschwester, Adoptionsfall 22 A G. Sara Bitton.

„Mich laust der Affe", sagte Yossi.

„Und jetzt schauen wir mal auf Facebook, ob sie ihren Arbeitgeber angegeben hat. Viele sind so blöd", meinte Angelos.

Und Angelos hatte recht.

„Eli hat eine Vermisstenanzeige bei der Polizei durch Freunde bestimmt gelöscht. Keine große Sache. Er hatte ja den Zugang. Aber der Arbeitgeber weiß es bzw. brauchen wir nur als Kunde anrufen und nach ihr fragen!"

Angelos tippte die Rufnummer der Importfirma „Lod Trade".

„Hello. My name is Antonis Galis, Aegean Imports. I would like to speak to Mrs. Sara Bitton. It´s about customs documents", sagte Angelos.

"Oh. I am sorry. Mrs. Bitton is not working for us anymore, but I will connect you with her department", sagte eine Frauenstimme.

Angelos legte auf und strahlte.

„Und jetzt holen wir Eli hierher. Du sagst, ihr hättet eine geheime Computeranlage auf Mykonos mit einem Problem. Das dürfte eine gute Erklärung sein!"

„Ich schicke gleich den Jet los", sagte Yossi.

„NEIN. Wie schickt ihr Agenten los, wenn sie einen ganz normalen Auftrag haben, also keinen, äh, also ..."

„Tötungseinsatz meinst du? Sie fliegen immer mit El Al", sagte Yossi.

„Dann soll er mit El Al nach Athen und mit einer normalen Maschine hierher fliegen!"

Am meisten strahlte Yariv, während Yossi noch betreten schaute.

„Ich habe dir gesagt, er ist der beste Kommissar des Landes, mindestens", sagte Yariv.

„Ja, er ist der Größte. In jeder Hinsicht", erwiderte Yossi.

„Idiot", meinte Angelos.

„Noch eines, Angelos!", sagte Yossi.

Angelos winkte ab.

„Du brauchst einen Verhörraum, denn zuhause müsste die Konkurrenz ermitteln. Aber Yariv und ich dürfen nicht dabei sein. Nationale Sicherheit bla, bla. Gut, wir hätten ein Haus. Am Leuchtturm. Abgelegen und unbewohnt. Aber kein Fingernägel ziehen oder Gewichte an den Hoden", sagte Angelos.

„Wir sind doch keine Barbaren", antwortete Yossi entrüstet.

„Da kann man sich im Nahen Osten nicht sicher sein", meinte ein grinsender Angelos. „Ist wohl besser, wir kommen mit!"

32

Eli war anzusehen, dass er unter Druck stand. Er sah schlecht aus.

„Ich vertrage das Fliegen nicht", sagte er, als sie alle zusammen am Flughafen ins Auto stiegen. Unruhig wurde Eli, als sie an der Stadt und am Hafen vorbeifuhren, hoch nach Agios Stefanos.

Yariv konnte sehen, dass Eli der Schweiß auf der Stirn stand.

Sie erreichten das menschenleere Plateau, das zum Leuchtturm von Armenistis führte. Als Angelos vor den heruntergekommenen Gebäuden hielt, zitterte Eli am ganzen Körper.

„Wir sind da", sagte Angelos.

„NEIN. ICH STEIGE NICHT AUS! ICH WEISS, WAS IHR VORHABT", schrie Eli. Der schlaksige, bleiche Mann, nein, Junge, mit den Pickeln im Gesicht, stand kurz vor dem Zusammenbruch.

„Ihnen passiert nichts", sagte Angelos. „Und jetzt steigen Sie bitte aus!"

Nur, weil Yariv, der neben Eli saß, nachhalf, bekamen sie Eli aus dem Wagen. Als Yossi seine Waffe ziehen wollte, hielt Angelos Yossis Arm fest.

„Hier endet also alles", sagte Eli, dem die Tränen über die Backe liefen.

„Noch einmal: wir wollen Sie nur befragen", sagte Angelos.

„Der Dienst redet nicht, er liquidiert. Soweit kenne ich unseren Laden", sagte Eli.

„Aber hier hat Ihr Dienst nichts zu melden. Auf Mykonos habe ich das Sagen", antwortete Angelos.

„Und wer sind Sie?"

„Angelos Nikakis. Ich bin der örtliche Kommissar. Und Ihr Chef hat mir versprochen, dass Ihnen nichts geschieht. Er wird es nicht wagen, ein Versprechen zu brechen. Denn er weiß, dass ich so etwas nie verzeihe. Nicht wahr, Yossi?"

„Ich halte meine Versprechen", knurrte Yossi wenig begeistert.

„Da dies nun geklärt ist, gehen wir ins Haus und unterhalten uns", sagte Angelos.

Urplötzlich riss sich Eli los und sprintete Richtung Klippen. Nur Yariv hatte es ihm angesehen, rannte Eli nach und bekam ihn rechtzeitig an den Füßen zu packen. Wütend zog er Eli hoch und zog ihn am Kragen zum Hauseingang.

Erst als Eli sah, dass im Haus niemand war, beruhigte er sich.

„Wasser oder Kaffee?", fragte Angelos. In Erwartung einer längeren Sitzung hatten Angelos und Yariv eine kleine Nespresso-Maschine mitgenommen. Hauptsächlich wegen sich selbst.

„Kaffee, bitte", sagte Eli.

Die ersten fünf Minuten sagte niemand etwas. Angelos starrte Eli nur an, während der hektisch nach allen Seiten sah.

„Sie haben eine Schwester. Sara. Wie geht es ihr?", fragte Angelos.

Die Frage genügte, um Eli zu brechen. Er begann zu schluchzen.

„Sie haben sie misshandelt. Sie haben mir ein Foto gezeigt. Wenn sie erfahren, dass ich hier bin, werden sie sie ...“

Wieder liefen die Tränen.

„Gerade das versuchen wir zu verhindern. Aber dazu müssen wir alles erfahren!“

Eli seufzte und holte tief Luft.

„Es war vor drei Monaten. Ich konnte Sara nicht erreichen. Dann hat ihre Firma bei mir angerufen, dass sie nicht auf der Arbeit erschienen ist. Da wusste ich, dass etwas passiert war!“

„Sie hätten es sofort melden müssen“, sagte Yossi aufgebracht.

„Yossi?“, fragte Angelos.

„Ja, was?“

„Halt einfach die Klappe“, sagte Angelos.

„Ah. Good cop, bad cop“, meinte Eli.

„Nein. Nur good cop. Weiter“, sagte Angelos.

"Nach drei Tagen war ein Foto von ihr in der Post. Am selben Abend kam der Anruf. Treffen am Golden Beach mit Zeitung in der Hand. Wie im schlechten Film. Mir war klar, dass sie ein Zimmer im ‚Golden Beach Hotel‘ gemietet hatten. Auch wenn man in unserer Chefetage meint, wir wären nur bescheuerte Kinder!“

Yossi holte tief Luft, aber Yariv packte ihn am Arm.

„Es kam ein Mann mit Hut und Brille. Nichts, was man beschreiben könnte. Außer seinem grässlichen Akzent. Wenn ich an sein widerliches Grinsen denke … Aber meine Schwester ist meine einzige richtige Verwandte!“

„Das kann ich gut verstehen. Adoptiveltern können sich so bemühen, wie sie wollen. Irgendwann kommt der Wunsch, mehr zu erfahren. Wer hat den anderen gesucht? Sie Ihre Schwester?", fragte Angelos.

Eli nickte.

„Sie haben das System der Adoptionsbehörde gehackt", stellte Angelos fest. „Aber egal. Was wollte der Mann von Ihnen?"

„Na, was wohl? Ich sollte ihr Mann im Dienst sein, sonst würden sie meine Schwester ..."

„... töten", ergänzte Yariv.

„Nein. Er meinte, es stehe ein ganzer Trupp von zwanzig Mann bereit, um sich mit Sara zu ‚vergnügen', wie das Schwein meinte. Der Tod käme erst viel später. Und ich bekam das Bild nicht mehr aus dem Kopf. Ich hatte keine Wahl", sagte Eli.

„Drei Tage später meldete sich der Mann. Ich sollte herausfinden, wie David aus Varna flüchten wollte. Welches Schiff und wohin!"

„Und Sie haben ihn ans Messer geliefert", bellte Yossi. „Sie schauen sich jetzt das Video an. Damit Sie sehen, wie David verreckt ist. Und wenn Sie nicht hinschauen, klebe ich Ihnen die Lider an die Stirn!"

Angelos zog zunächst nur die Augenbraue hoch, dann sagte er leise:

„Yossi. Raus hier! Ich meine es ernst!"

Schnaubend verließ Yossi das Haus und knallte die Türe zu.

„Lassen Sie mich bitte nicht mit ihm alleine. Ich weiß, was man mit Leuten wie mir macht!"

„Ich kann Sie nicht zwingen, die Insel zu verlassen. Sie könnten einen Asylantrag stellen. Aber Sie sind schon genug gestraft mit dem Gedanken, drei Menschen auf dem Gewissen zu haben", sagte Angelos.

„DREI?", fragte Eli entsetzt.

„Ja, aber bitte weiter!"

„Ich kenne die Diensthabende. Ich habe ihr vorgelogen, dass wir das Signal des Bootes verloren hätten und es per Drohne suchen müssen … kurzum: Ich bekam die Info, raste zu dem Treffpunkt, es waren knapp zehn Kilometer. Es war derselbe Mann. Ich gab ihm die Info. Aber dann machte der Mann einen schweren Fehler. Er gab den Schiffsnamen und den Kurs telefonisch weiter, als ich noch da war. Er glaubte wohl, ich verstehe nichts. Aber ich kannte die Sprache – denn Sara und ich kennen unseren Geburtsort. Wir sind persische Juden. Der Mann sprach Farsi!"

33

ch hörte, wie er zu dem Anrufer sagte: ,Das Schiff wird stoppen. Ihr seid die Küstenwache, schon vergessen?'", sagte Eli.

„Blaulicht, großer Scheinwerfer, Aufkleber und Flagge – schon hat man ein Küstenboot. Klar, dass Davids Boot anhielt", sagte Angelos.

„Aber es geht noch weiter: der Mann sagte zum Schluss: ,Danach zurück nach Sangri', wo immer das liegt. Ich hab so getan, als verstünde ich nichts. Aber meine Situation hat sich dadurch nicht geändert. Ich musste an Sara denken!"

„Sangri?", fragte Yariv und schaute Angelos an.

„Ein Ortsteil von Naxos-Stadt. Man möchte möglichst nah dranbleiben, aber nicht zu nah! Wenn die Herren noch da sein sollten, gibt das ein böses Erwachen", sagte Angelos. „Na gut, dann gehen wir jetzt nach draußen. Wir brauchen Yossi!"

Vor dem Haus erklärte Angelos Yossi die Lage.

Wieder wurde Eli nervös.

„Sie können Angelos trauen", sagte Yariv.

„Was kann ein griechischer Kommissar gegen den Chef eines Geheimdienstes ausrichten?", fragte Eli zurück.

Yariv lachte.

„Na, dann warten Sie mal ab!"

Angelos und Yossi stritten sich sichtlich. Nach fünf Minuten gesellten sie sich zu Eli und Yariv.

„Also. Eli, du fliegst mit Yossi zurück. Die Fregatte kommt in zwei Stunden, was bedeutet, dass der Kontaktmann sich schnell bei dir melden wird. Dann sacken ihn eure Leute möglichst unauffällig ein und bringen ihn zum Reden!"

„Dann töten sie Sara", sagte Eli.

Aber Angelos schüttelte den Kopf.

„Kein Iraner tötet einen Israeli ohne Rücksprache mit Teheran. Und das dauert ein paar Stunden. Ihr habt ein kleines Zeitfenster!"

„Obwohl wir eigentlich nie auf Geiselnahmen reagieren. Prinzipiell", sagte Yossi.

„Eli ist kein herkömmlicher Verräter. Er tat es nicht wegen des Geldes. Was hättest du getan, wenn man deine kleine Tochter entführt hätte?", sagte Angelos.

Yossi antwortete nicht.

„Ich brauche vier Tage für den nächsten Schritt. Solange bleibt die Fregatte da. Es wird also nichts passieren. Du kannst guten Gewissens zurückfliegen und dich um Elis Schwester kümmern. Gleichzeitig versuchen wir beide, das Team auf Naxos festzusetzen, damit sie uns nicht mehr in die Quere kommen. Wir suchen parallel und stimmen uns ab, ok? Gut. Dann fahren wir jetzt zum Flughafen, damit Eli wieder in Tel Aviv ist, wenn der Anruf kommt!"

34

Kurz bevor sie die Zauntür erreichten, die den VIP-Parkplatz vom Vorfeld trennt, zog Angelos Yossi noch einmal zur Seite.

„Ich würde es sehr begrüßen, wenn du alles unternimmst, um Elis Schwester zu befreien. Und ihn selbst in Ruhe lässt. Er ist kein Täter, er ist Opfer, auch wenn du das durch die James-Bond-Brille anders siehst. Verstanden? Sonst …"

„Sonst was?", fragte Yossi.

„Sonst stelle ich die Uran-Box bei Ebay ein, zum ‚Sofort-Kaufen'-Preis von einem Euro. Anbietername ‚strahlendermullah69'!"

„Ich dachte, du stehst auf unserer Seite?", knurrte Yossi.

„Ich hab das jetzt mal überhört. Wir haben David gefunden. Wir haben die undichte Stelle in deinem Laden gefunden. Jetzt bekommst du die Mörder auf dem Serviertablett. und wenn mein Plan klappt, auch diese beschissene Uran-Box!"

Yossi schaute betreten.

„Schon gut. Noch was: falls, nein, wenn wir das Team auf Naxos finden, können wir es nicht nach Israel bringen. Wir müssten …"

„Ihr hättet die Buchung für das Leuchtturm-Haus gerne verlängert. Aber du kennst die Regel: kein Blut, keine Leichen", sagte Angelos.

Yossi grinste.

„Das ist die Regel? Damit komme ich klar. Eine Frage: wenn wir wiederkommen, brauche ich eine Ziege!"

Angelos schaute fragend.

„Ach, egal. Ich will es nicht wissen. Die Umgehungsstraße runter, auf der linken Seite", antwortete er.

„Ich danke Ihnen", sagte Eli zu Angelos.

„Viel Glück. Sie werden es brauchen. Vor allem Ihre Schwester!"

„Geheimdienstfuzzis. Unfassbar", knurrte Angelos, als er und Yariv nach Hause fuhren.

„Warum sagst du nichts?"

Yariv lachte.

„Du möchtest jetzt bestimmt hören, wie toll du das gemacht hast. Richtig?"

„Ja. Warum auch nicht? Malst du ein schönes Bild, lobe ich dich auch!"

„Du weißt selbst, dass du gut warst. Und Eli und seine Schwester vielleicht wegen dir überleben. Wenn du jetzt hören möchtest, dass du auch noch ein guter Mensch bist, kann ich nur sagen: das wusste ich schon vorher. Sonst hätte ich dich nicht geheiratet!"

„Die Fregatte ist da. Sie ist auf dem Schirm", sagte Yariv, als sie wieder zuhause waren.

„Gut", sagte ein zufriedener Angelos. „Dann können wir jetzt Stufe 2 einleiten!"

„Die aber nur funktioniert, wenn Abu uns helfen kann und wenn die Iraner darauf reinfallen", gab Yariv zu bedenken.

„Mein Optimismus kennt bekanntlich keine Grenzen", sagte Angelos grinsend.

„Gibt es eigentlich das Wort ‚schöndenken' statt ‚schönreden'?", fragte Yariv.

„Beides kenne ich nicht. Drück mir die Daumen, ich rufe jetzt Abu an!"

35

Abu Bakar saß auf der Terrasse seiner Villa in Beirut. Nachdem sein bisheriger Wohnsitz, eine Super-Yacht, nur noch Schrottwert besaß, musste Abu zwangsläufig einen festen Wohnsitz an Land erwerben. Dabei war das Meer sein Zuhause, denn dort machte er sein Geld. Er war Drogenhändler. Nein, er war der erfolgreichste Drogenhändler der Ägäis.

Und ein guter Freund von Kommissar Angelos Nikakis. Nein, nicht die typisch griechische Geschichte vom Polizisten, der sich bestechen lässt. Zwei Jahre lang hatten die beiden versucht, sich umzubringen. Fast erfolgreich.

Dann machte Angelos Abu ein Angebot.

Er könne Mykonos beliefern, ohne dass Angelos eingreift. Unter vier Bedingungen: keine gestreckte Ware, kein Dreck wie Sisa, sondern nur reines Kokain, kein Verkauf an Kinder und keinerlei Gewalt auf der Insel. Probleme mit Kunden und Kurieren werden auf See gelöst.

Die Regelung beendete den nach Angelos´ Meinung schwachsinnigen „Krieg gegen Drogen". Millionen Menschen bekommen Opiate per Rezept und die anderen rutschen in die Kriminalität ab. Würde man die Drogenabteilungen der Polizei auflösen und die Beamten auf Wirtschaftskriminalität und Steuerhinterziehung spezialisieren ... aber das wird nie passieren.

Abu und Angelos wurden Freunde. Beide hatten sich auch gegenseitig das Leben gerettet. Und Abu wurde zur unverzichtbaren Stütze bei Ermittlungen. Seine technischen Möglichkeiten lagen weit über denen einer Polizeidienststelle.

Er besaß einen Hubschrauber, fünf mittelgroße Drohnen und wichtige Connections.

Genau die brauchte Angelos in diesem Fall.

„Na, wie fühlt man sich als Landei?", fragte Angelos.

„Ich kann mich an Nachbarn nicht gewöhnen. Die hat man auf See nicht. Aber die neue Yacht kommt in zwei Monaten und dann schmeißen wir ein Fest", sagte Abu. „Du brauchst wieder mal meine Hilfe, oder?"

Angelos lachte.

„Ich bin kein Freund von Geplauder. Ja, ich brauche dich!"

„Raus damit", sagte Abu.

„Was machst du, wenn einer deiner Container über Bord geht? Du transportierst doch einiges in den Dingern", fragte Angelos.

„Es gibt spezielle Bergungsschiffe mit Kran. In unruhigen Gewässern werden die Container mit Stahlnetzen eingefangen", erklärte Abu. „Wieso? Ist dir eine Ladung Sex-Spielzeug abhandengekommen? Wie ich gerüchteweise hörte, kannst du ja auf das Penis-Stretching verzichten", sagte Abu und lachte laut.

„Sei froh, dass du Hetero bist, sonst würde ich dich für deine Frechheit bestrafen!"

„Bestraf du Yariv. Der freut sich! Also, um was geht es?"

„Um eine Kiste Uran in sechzig Meter Tiefe vor meiner Küste!"

Abu war nicht geschockt.

„Wohin war das Paket denn unterwegs? Teheran?"

„Könnte sein. Wie kriege ich das hoch?"

„Nicht mit einem normalen Bergungsschiff. Die, die mit Luftpolstern arbeiten, kann man nicht bezahlen. Wenn das Schiff überhaupt hält!"

„Es liegt seit 24 Jahren dort!"

„Vergiss es. Nur mit Mini-U-Boot. und dann auch nur kleine Teile der Ladung!"

„Zum Beispiel eine Box mit Uran?", fragte Angelos.

„Sicher. Nur: ich habe keine Ahnung, wo ich ein Schiff mit der Technik herbekommen soll!"

„Sollst du gar nicht. Ich habe folgende Idee!"
Angelos erklärte Abu, was er vorhatte.

„Bist du wahnsinnig? Ich soll im Hafen von Beirut auf einem Schiff die israelische Fahne hissen und einen Davidsstern aufmalen? Es dauert geschätzt drei Minuten bis mir die Hisbollah einen Raketengruß schickt", sagte Abu.

„Dann fahr nach Tripoli oder nach Zypern", schlug Angelos vor.

„Nochmal: ein Bergungsschiff, auf dem eine U-Boot-Attrappe in Gelb, bestehend aus drei Fässern liegt, halbbedeckt. Die Iraner sollen denken, es wäre ein Schiff mit der nötigen Technik, um das Uran zu bergen", sagte Abu.

„Das funktioniert aber nur, wenn keine Drohne in der Nähe ist!"

„Da ist keine. Das würden die Amerikaner niemals zulassen. Teheran bekommt nur Satellitenbilder von den Chinesen", sagte Angelos. „Oder liege ich falsch?"

„Nein. Die liefern fast ihr ganzes Öl nach China. 70% des Ölbedarfs deckt Peking mit Öl aus dem Iran – trotz Boykott. Und der Satellit könnte ein Fake-U-Boot mit Abdeckung nie von einem richtigen unterscheiden! Bestimmt nicht bei Nacht!"

„Gut. Dann bräuchten wir noch ein bisschen Schießpulver!"

„Maschinengewehre und Panzerfäuste. Schweres Gerät würde ein paar Tage dauern", sagte Abu.

„Das reicht. Du hast auch sicher kompetentes Personal", fragte Angelos schmunzelnd.

„Es reicht für die halbe griechische Marine. Haben die überhaupt noch genügend Treibstoff?", fragte Abu.

„Die Dinger fahren mit Dreck, dem gleichen wie die verdammten Kreuzfahrtschiffe!"

„Wir sind aber in griechischen Gewässern", gab Abu zu Bedenken.

„Das regle ich schon. Das sind meine Gewässer", sagte Angelos und lachte.

„Gut. Und was bekomme ich von dir?", fragte Abu.

„Eine Nacht mit mir?", schlug Angelos vor.

„Grundgütiger. Ich habe keine Lust gepfählt zu werden. Außerdem sind mir Titten und Vaginas lieber", sagte Abu.

„IGITT!"

36

Malik Azmun kniete. Es war Zeit für das Abendgebet. Für Azmun eher ein Moment der Meditation, denn gläubig war er schon länger nicht mehr. Die Eiferer in den Revolutionsgarden verachtete er. Kriminelle, nichts anderes.

Dennoch ließ er seine Einstellung niemals durchscheinen. Wenn man in Teheran überleben will, muss man sich bücken und knien.

Plötzlich riss jemand die Türe auf und sagte: „Oh, Entschuldigung!"

„Raus. Ich bin beim Gebet", bellte Azmun, grinste aber innerlich. Es war Taremi, sein Stellvertreter. Sicherlich ist er mit Absicht hereingeplatzt, um zu sehen, ob ich auch bete.

Azmun ging zurück an seinen Schreibtisch und drückte die Taste der Sprechanlage.

„Er kann jetzt rein", sagte Azmun.

Taremi war sichtlich erregt.

„Ich habe gerade Satellitenbilder von den Chinesen bekommen. Die Griechen haben ein Schiff zu der Stelle geschickt, wo das Wrack liegt. Sieht nach einem Zerstörer aus. Wenn sie die ‚Anna' bergen, haben wir ein Problem!"

Stimmt, dachte Azmun. Russen wie Chinesen liefern kein spaltbares Material. Sonst hätten wir uns nicht so bemüht, an diesen rostigen Kahn heranzukommen.

„Her mit den Bildern!"

Azmun schnaubte, nachdem er die Bilder genauer betrachtet hatte. Humar – Esel.

„Das ist kein Zerstörer, sondern eine Fregatte!"

„Bin ich bei der Marine?", antwortete Taremi.

„Allgemeinbildung. Außerdem kann weder eine Fregatte noch ein Zerstörer ein Schiff bergen, oder siehst du einen Kran oder ein U-Boot? Ich jedenfalls nicht. Unser Mann in Tel Aviv sagt, man wartet auf ein türkisches Schiff mit Waffen für

Libyen. Wir bekommen ein Bergungsschiff von den Chinesen, aber das braucht zwei Wochen, bis es vor Ort ist!"

„Sie glauben, die Griechen schauen einfach zu? Das sind deren Hoheitsgewässer!"

„Oh du Schweinskopf! Das Schiff ist getarnt. Iranischer Name, iranische Flagge, iranisches Personal. Aber zwei chinesische Techniker. Das Ganze wird auf der Passage mehrmals geprobt. Die Aktion dauert maximal vier Stunden und das in der Nacht. Bis die Griechen aufwachen, sind wir schon weg!"

„Und die Israelis und ihre Helfer auf Mykonos?"

„Unser Mann in Tel Aviv sorgt schon für genügend Verwirrung! Außerdem suchen die noch nach einem geeigneten Schiff!"

Azmun lehnte sich zurück.

„Alles unter Kontrolle!"

Scheiße, dachte Taremi.

„Dann sollte ich Faruk wohl zurückpfeifen", sagte er leise.

„Was hat du dummer Esel getan?"

„Ich habe, während ich draußen gewartet habe, Faruk gesagt, er soll das Team auf Naxos sofort losschicken, um den Zerstö.., äh, die Fregatte zu überwachen. Nicht, dass die …"

Azmuns Kopf wurde glühend rot.

„Sie haben mich doch aus dem Zimmer geworfen", rechtfertigte sich Taremi.

„ICH HABE GEBETET. UND DAS SOLLTEST DU AUCH TUN. PFEIF DIE IDIOTEN SOFORT ZURÜCK!"

Taremi stürmte aus dem Zimmer.

Azmun griff zu dem Diktiergerät, das in einem hohlen Buchdeckel auf seinem Schreibtisch steckte.

Er spulte zurück.

„Ich habe, während ich draußen gewartet habe, Faruk gesagt, er soll das Team auf Naxos sofort losschicken Ich habe …"

Azmun grinste.

Damit war Taremis Aufstieg beendet. Stattdessen würde er Kacheln in Isfahan putzen. Und das wäre noch die mildeste Strafe.

Dennoch hoffte Azmun, dass Taremi das Team noch rechtzeitig erreichte. Es dauerte, bis Azmun begriff, dass Taremi sie gar nicht erreichen konnte. Zwischen Naxos und Mykonos haben sie keinen Empfang.

37

Merlina Theodorakis war Grundschullehrerin gewesen, irgendwann vor der Revolution von 1822, frotzelten ihre früheren Lehrerkollegen. Sie war mittlerweile 92 Jahre alt. Und sie tat das, was alle Griechen mit über 80 tun: sie schauen stundenlang aus dem Fenster. Wie Fernsehen, nur nicht so blöd, sagte Merlina immer. Und sie hatte einen großen Vorteil:

Gegenüber lagen zwei Ferienhäuser in ihrem Blickfeld. Die jeweiligen Gäste waren eine Aneinanderreihung von Soap-Opera-Folgen. Prügeleien unter Eheleuten. Sodomiten, die ungeniert auf der Terrasse kopulieren. Unterhaltsam.

Die neuen Gäste aber waren mehr seltsamer Natur. Zwei Männer. Alles klar, dachte Merlina. Mykonos zu teuer und deshalb Naxos. Doch am zweiten Tag kamen ihr Zweifel. Die Männer waren nie zu sehen. Sie hatten das Haus seit dem Vortag nicht verlassen. Die Rollläden heruntergelassen und die Terrasse verwaist.

Sie beschloss: das müssen mindestens Kriminelle, wenn nicht Terroristen sein.

Pflichtbewusst rief sie bei der Polizei an. Am Apparat war der trottelige Yannis, der bei ihr zwei Mal die Klasse wiederholen musste. Dementsprechend einfach musste sie die Lage schildern.

„Zwei Verdächtige im Ferienhaus. Haben es zwei Tage nicht verlassen. Araber oder so etwas.

Das Kennzeichen lautet EMP 2071. Das heißt Ermoupolis. Das ist ..."

„ ...auf Syros. Danke, das weiß ich. Ich nehme es auf und wir behalten die im Auge!"

Mehr aus Spaß sagte er:

„Passen Sie auf. Es könnte gefährlich werden!"

Merlina schnaubte.

„Ich bin 92, aber nicht doof. Außerdem habe ich anno 44 zwei deutsche Offiziere mit dem Besenstiel versohlt!"

Kurz darauf rief Angelos Nikakis an. Yannis begriff sofort, dass es sich um Merlinas Verdächtige handeln könnte. Er ließ das Kennzeichen überprüfen. Mietwagen, auf den Namen Al-Waadi. Gut, der war sicher falsch, aber vielleicht haben die Herren dieselbe Tarnung bei der Hafenbehörde verwendet, Yannis rief bei Argiros im Hafen an.

„Hattest du vor etwa vier Tagen Boote, bei denen die Gebühr bar bezahlt wurde?" Besatzung zwei Araber?"

„Ja. Das Boot war die ‚Korinth', eine kleinere Yacht. Zwei Männer. 320 Euro in cash!"

Sehr gut, dachte Yannis, der Naxos unter allen Umständen verlassen wollte. Naxos ist doppelt so tot wie Mykonos, sagen die Mykonier immer. Und dank Merlina würde Yannis bei Nikakis Eindruck machen. Also darf ich es nicht verbocken.

Er bediente sich des effektivsten Beschattungssystem der Welt: die Café- und Restaurantbesitzer am Hafen. Da Arbeit für sie nicht infrage kam, standen sie bis zu 14 Stunden vor ihrem Betrieb und sahen alles. Im Verbund mit Merlina konnte nichts schiefgehen.

Und Angelos Nikakis war mehr als zufrieden.

Er wollte gerade Tel Aviv anrufen, als das Handy brummte.

„Hier Eli!"

„Na, so eine Überraschung. Man hat dich also noch nicht geköpft? Wann befreien sie deine Schwester?"

„Das Treffen mit dem Kontaktmann ist um 1800. Und dann hoffen wir, dass wir ihn schneller brechen, als ihn seine Leute vermissen", sagte Eli. „Ich drücke dir die Daumen. Gute Nachrichten auch von mir. Wir haben die zwei Iraner gefunden. Ich überlege noch, wie wir sie am Besten abgreifen. Zumindest kennen wir den Namen des Schiffes: „Korinth". Aber das wird nicht so wichtig sein!"

„Hast du eine Ahnung. Warte einen Moment!"

Man hörte das Klappern der Tastatur.

„Das ist eine Sealine 46. Die wird schon automatisch per GPS gesteuert. Hm. Ich setze einen Exploit auf deren Website und installiere eine Schadware, die den Kurs und das Tempo von außen steuern lässt", sagte Eli.

„Was ist denn ein Exploit?", fragte Angelos.

Eli lachte.

„Eine Art Bombe, die den Sicherungsring sprengt, aber ohne, dass die Firma etwas merkt. Nur die auf der Yacht kriegen Probleme. Der Joystick reagiert nicht mehr. Nicht einmal der Anker, der hat bei dem Modell eine elektronische Sperre!"

„Und wie steuern wir das Boot?", fragte Angelos.

„Notebook und Joystick. Das Programm schicke ich euch gleich!"

38

Angelos uns Yariv standen auf dem Ilias Anomeritis, dem zweithöchsten Berg auf Mykonos.

„Was für eine Aussicht! Hier oben eine Bar. Bei Sonnenaufgang. Viel besser als der Untergang im ‚Caprice'! Wie hoch sind wir?"

„351 Meter. Und die Bar wäre eine Eisbar", antwortete Angelos.

Was stimmte. War es schon im flachen Teil der Insel windig bei 7 bofors, waren es hier oben 9 und Angelos hatte Mühe das Fernglas zu halten.

„Außerdem hätten die Herren hinter uns etwas gegen eine Bar!", sagte Angelos.

Hinter ihnen stand die Radarstation der griechischen Luftwaffe. Die Radaranlage war die wichtigste NATO-Anlage in der Ägäis, mit freiem „Blick" bis zur Ostküste des Schwarzen Meeres. Für die Griechen noch viel wichtiger: sollten die Türken jemals die Absicht haben, Hellas anzugreifen: hier würde man es sehen. Im Umkehrschluss wäre die Station auf Mykonos sicherlich das erste Angriffsziel.

„Wie wäre Sex in der Schüssel, natürlich mit Heizdecke?", fragte Yariv.

Angelos lachte.

„Ich befürchte, dass wir auf sämtlichen Bildschirmen von hier bis Brüssel wären. Dann lieber auf dem Leuchtturm!"

„Oh. Sex mit dem Leuchtturm auf dem Leuchtturm", antwortete Yariv grinsend.

„Sehr witzig. Schau du lieber auf das Notebook. Ein Boot fährt direkt Kurs Nord. Ungewöhnlich. Will man nach Mykonos, fährt man Nord-West. Will man nach Rafina, geht´s Richtung Nord-Ost.

Es muss das hier sein", sagte Angelos und zeigte auf ein Gewimmel an Schiffen, das auf dem Schirm zu sehen war. Bist du drin?"

„Jup. Das werden wir gleich wissen. Ich mache einen kleinen Ruck!"

Angelos grinste breit.

Tatsächlich hatte das Boot so stark abgebremst, dass einer der Männer das Gleichgewicht verloren hatte.

„Ganz schön beängstigend. Stell dir vor, du hängst in der Klinik an einer Herz-Lungen-Maschine und jemand hackt das Gerät. Da hilft auch kein Generator", sagte Yariv.

Er hatte recht. Nichts, aber auch gar nichts war mehr sicher. Exploits wurden weltweit gehandelt, wie Aktien. Freier Eintritt zu allem.

In diesem Fall aber sehr hilfreich.

„Gut. Dann fahren wir jetzt hinunter nach Lia", sagte Angelos.

Unten angekommen, blieben sie im Auto sitzen.

„Sanfte Kurve oder scharf? Die Herren sollten ja nicht aus dem Boot fallen", sagte Yariv und hielt den Joystick mit zwei Fingern.

„Sanft. Dafür lassen wir sie hier ein bisschen springen", antwortete Angelos.

Dann sahen sie das Boot. Durch das Fernglas konnte Angelos erkennen, wie der Mann am Steuer, besser: dem Joystick, mit geweiteten Augen hin und her zog.

„Jetzt langsamer", sagte Angelos.

Das Boot verlor etwa 200 Meter vor dem Strand an Geschwindigkeit.

„Und jetzt Vollgas!"

Wenige Sekunden später flog die „Korinth" an ihnen vorbei und zerschellte fünfzig Meter landeinwärts.

„Erstaunlich. Dann holen wir die Herren mal ab", sagte Angelos. „Hoffentlich sind sie nicht zu sehr beschädigt!"

Doch die Herren lebten noch, wenn auch etwas verschrammt.

„Herzlich willkommen auf Mykonos. Halt, ich vergaß: sie kennen unsere Insel ja schon", sagte Angelos und trat beiden mit Wucht in den Magen.

„Das war für David!"

39

Azmun raufte sich die Haare. Die zwei Männer auf Naxos waren verloren. Die Frage war aber nicht, ob sie tot oder noch am Leben waren. Das war Azmun herzlich egal.

Die Frage war, ob sie vor dem Fangschuss noch geredet haben.

Aber sie wussten nicht alles. Was ein Agent nicht weiß, kann er selbst unter Folter nicht preisgeben. So lautete Azmuns Prinzip: jede Zelle weiß nur das, was sie wissen sollte. Und außerdem verlief nie irgendetwas nach Plan.

Wichtig war nur, dass man einen Plan B und C hatte.

Wir haben noch unseren Mann in Tel Aviv und dessen Schwester, dachte Azmun. Es geht nur um die Box und da sind wir noch im ...

Die Tür wurde aufgerissen und ein hechelnder Taremi kam herein.

„Chef. Die Israelis haben das Haus in Gaza gestürmt. Die Geisel ist weg, drei unserer Leute sind tot! Und die zwei aus Naxos – sollen wir versuchen, sie zu finden?"

Azmun trommelte mit den Fingern auf seinem Schreibtisch. Verflucht.

„Manchmal bist du ein furchtbarer Esel. Die zwei sind mir schnuppe. Sollen sie doch verrecken. Ich habe andere Sorgen. Das Versteck kann man nicht einfach so finden. Denk nach! Unser Mann in Tel Aviv hat geredet. Sie haben den Kontaktmann hochgenommen und ihn gegrillt, bis der das Versteck preisgab. Dann ein Kommandounternehmen. Nach Gaza rein und mit der verfluchten Schwester raus. Gut, wir haben keine Quelle mehr. Bedeutet: Kärrnerarbeit. Die Israelis und ihre griechischen Helfer sind genauso weit wie wir. Keiner ist der Box nähergekommen. Also: wir brauchen ständig neue Bilder von den Chinesen. Und zwei Kommando-Einheiten in der Nähe. Aber nicht an Land. Die sollen in der Ägäis kreuzen, wie Touristen. Kriegst du das hin oder muss ich die Yachtvermieter in der Türkei selbst anrufen?"

Es war eine rhetorische Frage.

„Äh, sollen die Teams schwerer bewaffnet sein?", fragte Taremi.

Azmun zog die Augenbraue hoch.

„Nein. Sie sollen mit Wattebäuschchen werfen, du Idiot! Und jetzt raus!"

Azmun hatte kein gutes Gefühl.

Wo zum Teufel ist das Band? Ah, hier.

„Ich habe, während ich draußen gewartet habe, Faruk gesagt, er soll das Team auf Naxos sofort losschicken Ich habe …"

Ich denke, ich brauche das noch, denn sei ehrlich zu dir selbst: es sieht nicht gut aus.

40

So, das hätten wir", sagte Angelos und knallte die Türe des Leuchtturms zu.

„Da drinnen ist es unsäglich heiß. Die zwei haben nichts zu trinken und zu essen. Wer weiß, wann Yossi kommt?", gab Yariv zu bedenken.

„Und? Das ist nicht einmal annähernd das, was David durchmachen musste. Ich habe auch keine Dose Motoröl auf die Treppen gestellt", knurrte Angelos zurück.

„Wäre es nicht besser, die zwei einfach ins Gefängnis zu stecken?", hakte Yariv nach.

„Hör zu, Yariv. Teheran weiß längst, dass das Team da drinnen aufgeflogen ist. Wenn man Gefangene sucht, wo schaut man als erstes?", antwortete Angelos.

Yariv sagte nichts.

„Ich hoffe nur, sie vermuten nicht, wir hätten die zwei bei uns im Keller liegen. Ich habe keine Lust, dass nachts eine Boden-Luft-Rakete durch unser Schlafzimmer fliegt", sagte Angelos.

„Ach Gott, ich muss jede Nacht mit einer Rakete umgehen – und aus der kommt nicht nur Luft", meinte Yariv und grinste.

„Die Rakete kann auch mal defekt sein", murrte Angelos.

Yariv lachte laut.

„Nein. Die Rakete steuert immer selbstständig und findet immer das Ziel!"

Sie fuhren die enge Straße hinunter nach Agios Stefanos, am Hafen vorbei und bogen dann links ab auf die Umgehung.

Plötzlich ging ein Ruck durch Yariv.

„Da rechts! Das war Yossi. In der Hofeinfahrt! Und sein Mietwagen! Was ist das für ein Haus?"

„Eine Großmetzgerei. Glaubst du, er will sich mit einem Kilo Mortadella bei uns bedanken?", fragte Angelos amüsiert.

Die Herren saßen in der Küche in Ornos, als Yossi eintraf. Er war sichtlich gestresst und am Ende seiner Kräfte.

„Doppelter Espresso?", fragte Angelos.

Yossi nickte und ließ sich auf den Stuhl fallen.

„Und? Raus mit der Sprache!", sagte Angelos.

„Was ist mit Elis Schwester?"

„Sie lebt. Man hat sie im Keller eines zerbombten Kellers festgehalten. Aber …"

„Was? Wurde sie verletzt? Wurde sie verge-waltigt?", drängte Angelos.

„Letzteres. Das sind Bestien. Wir haben sie in eines unserer Krankenhäuser gebracht. Aber es wird dauern bis …"

„Sag mir nicht, wie lange es dauert, eine Vergewaltigung zu bewältigen", knurrte Angelos.

„Sorry. Ich hab´s vergessen. Jedenfalls lebt sie und Eli ist glücklich", sagte Yossi.

„Was geschieht mit ihm?", fragte Angelos.

„Nichts. Wie versprochen!"

„Gut. Wir brauchen ihn nämlich hier noch", sagte Angelos.

„Wozu?", fragte Yossi.

„Sag ich dir gleich. Warum bist du mit einem Sprinter hier?"

„Äh. Ich habe ein paar Materialien mitge-bracht!"

„Was denn? Ein elektrischer Stuhl oder eine Klappguillotine?", fragte Angelos.

„Nur harmlose Sachen. Wo sind sie?"

„Das sag ich dir, wenn ich deine kleinen Helfer in dem Wagen gesehen habe", sagte Angelos und grinste.

„Zwei Fässer mit Wasser, ein paar Stricke, ein Einsatz, ein Kanister Salzsäure und eine frisch geschlachtete Ziege", antwortete Yossi.

„Mir macht die Salzsäure Bauchschmerzen. Die Vereinbarung lautete ,Kein Blut und keine Leichen'. Ich möchte auch keine Knochen mit Ätzspuren", sagte Angelos.

„Keine Sorge. Die Salzsäure ist nicht zur Beseitigung der Leichen gedacht. Kein Tropfen davon wird die Körper berühren. Aber ich denke, eine kleine Lektion ist angebracht. Oder hast du David schon vergessen?"

„Wer hat ihn denn gefunden?", fragte Angelos säuerlich. „Gut. Die Vereinbarung gilt und Absprachen mit mir hält man besser ein. Die Herren sind im Leuchtturm eingesperrt. Hier ist der Schlüssel!"

„Gut. Danke. Könnten wir jetzt bitte zum eigentlichen Thema kommen? Was hast du vor?"

„Ich brauche auch noch Eli", sagte Angelos.

„Wozu?"

Angelos holte tief Luft.

„Das ist mein Plan: Abu kommt mit einem Bergungsschiff mit getürkten Aufbauten. Das Schiff heißt ,Taurus 2'. Denn es gibt ein Spezialschiff, das ,Taurus' heißt und momentan bei

Indonesien liegt. Man soll in Teheran glauben, es handle sich bei der ‚Taurus 2'um das Schwesterschiff", erklärte Angelos.

„Das glauben die nie. Das Schiff müsste im Register eingetragen sein", wand Yossi ein.

„Genau dafür brauche ich Eli. Er muss das Register hacken und die ‚Taurus 2' registrieren, mit denselben Daten wie das richtige Schiff. Die zweite Gefahrenquelle wäre die Werft, die die Taurus gebaut hat. Hierzu brauchen wir eine vorgeschaltete Website, auf der das zweite Schiff zu sehen ist. Abu hat mir Fotos gemailt.

Er hackt die Seite der Werft. Ich bezweifle, dass die eine Top-IT-Abteilung haben und jeden Tag die eigene Website aufrufen. Emails ja, aber die laufen über ein Mailprogramm. Ich hoffe, Eli sitzt wirklich in Tel Aviv und nicht auf einem Hochsitz am Golf von Akaba!"

Yossi schob sein Handy über den Tisch.

Angelos nahm es und fing schallend an zu lachen.

„Sehr witzig. Als ob jemand diese Hieroglyphen lesen könnte!"

„Eure sind ja auch nicht besser", gab Yossi zurück. „Bei uns kann man wenigstens ahnen, was es bedeuten soll!"

„Zurück zum Plan, bitte!", sagte Yossi. „Was ist, wenn die einfach bei der Werft anrufen?"

Angelos zeigte mit dem Finger auf Yariv.

„Die Telefone hängen auch von einem digitalen Routing-System ab und das steht unter der

Kontrolle desjenigen, der über den Root-Zugriff des Systemadministrators verfügt", sagte Yariv.

„Dein Mann ist IT-Experte?", fragte Yossi Angelos.

„Er war Kommissar in Athen, zuständig für Ermittlungen im Darknet. Da muss man schon ein bisschen Ahnung haben. Also braucht Eli den Root-Zugriff und das sollte ein Leichtes für ihn sein!"

„Gut. Also: es kommt die ‚Taurus 2' und das so auffällig wie möglich. Liegt sie vor Ort, gibt es die volle Lightshow. Sämtliche Scheinwerfer an. Die sollen glauben, wir kämen an die Box heran. Der Gag ist: das Schiff hat am Bug eine große israelische Fahne", sagte Angelos und grinste.

„Bist du verrückt? Dafür bräuchte ich eine Genehmigung aus Jerusalem", protestierte Yossi.

„Das sind die Gewässer des Herrn Bürgermeisters und er hisst hier, was er will", meinte Yariv lachend.

„Erfasst. Dann gibt es zwei Möglichkeiten. Die erste: die Iraner geben auf und lassen die ‚Anna' in Ruhe. Aber ich vermute, das entspricht nicht ihrem Naturell. Sie werden die Fahne sehen und durchdrehen", sagte Angelos.

„Letzteres", meinte Yossi. „Du glaubst, sie greifen das Schiff an? In griechischen Gewässern?"

„Nicht mit regulären Booten, sondern mit neutraler Kennung. Oder sie mieten welche!"

„Wie sollen wir die ausmachen bei dem Getümmel in der Ägäis?", fragte Yossi und deutete auf den Bildschirm des Notebooks.

‚Maritime-travel.com' zeigte einen Schiffs-verkehr, der einem Bienenstock nach einem Wespenangriff glich.

Angelos lächelte, tippte auf der Tastatur herum und schob das Notebook wieder zu Yossi hinüber. „Besser so?"

Nun war nur noch gut ein Dutzend Punkte zu sehen.

„Was ist jetzt das bitte?", fragte Yossi.

„Nur noch die Schiffe über 28 Knoten. Die Iraner werden sicher nicht mit Fischkuttern unterwegs sein", sagte Angelos.

„Aber wer soll den Angriff zurückschlagen?"

„Da verlasse ich mich auf Abu. Seine alte Yacht war gefährlicher als die ‚Bismarck'. Es wird ein gewaltiger Denkzettel. Alles mitten in der Nacht. Danach schmeißt Abu die Aufbauten ins Meer, ändert die Flagge und schaltet den Transponder wieder ein. Ein ganz normales, harmloses Schiff, die ‚Alexandrette', auf dem Weg von Rafina nach Beirut!"

„Als steht über der Aktion der Satz ‚das Zeug bleibt einfach da'. Das macht mich nicht wirklich glücklich. Vor allem wird Jerusalem toben, zumindest einer", knurrte Yossi.

Yariv lachte.

„Du solltest Angelos soweit kennen, dass seine Pläne immer einen Epilog haben!"

„Also ist er eine Art Künstler?", fragte Yossi schmunzelnd.

„Nun, jeder Mensch, der etwas kreiert, ist auf seinem Gebiet Künstler. Angelos skizziert ungewöhnliche Lösungen von Kriminalfällen", antwortete Yariv.

„Also dann, du Künstler. Den Epilog bitte", sagte Yossi.

„Es wird Monate dauern, bis ihr ein richtiges Schiff mit U-Boot mieten könnt. Dann sind wir im Winter. Perfekt. Weniger Beobachter und sehr lange Nächte. Länger als sechs Stunden werdet ihr nicht brauchen. Dann habt ihr, was ihr wollt!"

„Dennoch sind wir in griechischen Gewässern", gab Yossi zu bedenken.

Yariv lachte.

„Auch die griechische Marine schläft in der Nacht. Außerdem braucht ihr nur das Spiel mit dem Namen „Taurus" und der Flagge noch einmal spielen. Nur mit griechischer Flagge. Hinzu kommt: ich bin sicher, Angelos würde sagen, es handelt sich um mykonische Gewässer", meinte Yariv.

„Ich hebe mir den Beifall für den Moment auf, wenn es funktioniert hat", meinte Yossi.

„Ach, weißt du. Ein bisschen Lob wirkt doch sehr motivierend", sagte Angelos. „Aber jetzt geh zu deinen iranischen Gästen!"

41

R uz bekheyr,, meine Herren", sagte Yossi. „Ich bin froh, dass es Ihnen sichtlich gut geht!"

Die zwei Iraner saßen nackt und gefesselt auf zwei Stühlen. Das ehemalige Wärterhaus hatte den Vorzug, dass man im hinteren Teil einen offenen Keller angelegt hatte, um die großen Ersatzteile für die Leuchteinheit lagern zu können. Wegen des Meltemi, des stürmischen Nordwinds, durfte der Leuchtturm von Armenistis möglichst nie ausfallen und wenn doch, musste er schnell repariert werden. Mit der neuen Technik konnte man sich aber den Wärter sparen und die alten Ersatzteile stapelten sich in der Ecke.

Eine Holztreppe führte vom Keller zum Wohnbereich, der ebenerdig lag. An den Deckenbalken hingen zwei Flaschenzüge, um die Ersatzteile nach oben ziehen zu können. An diesem Tag jedoch nutzte man den Flaschenzug, um die beiden Iraner in den Keller zu verfrachten.

Noch hielt sich die Angst der Iraner in Grenzen. Sie rechneten zwar mit dem Tod, wussten aber, dass es wahrscheinlich ein Kopfschuss sein würde, der sie zu Allah und den Jungfrauen würde emporsteigen lassen.

Ob die Israelis wussten, dass die beiden den Tod Davids zu verantworten hatten – darüber waren sich die beiden Gefesselten nicht sicher.

Aber die Gewissheit ereilte sie schnell.

„Sie haben Glück. Wir sind in Griechenland, besser auf Mykonos, und ich musste dem Kommissar versprechen, dass kein Blut vergossen wird", sagte Yossi.

Die beiden Iraner entspannten sich.

„Aber, meine Herren, Sie verstehen sicher, dass wir uns erkenntlich zeigen müssen – für den barbarischen Mord an David!"

Yossis Lächeln verschwand und sein Gesicht wurde zur Fratze.

„Vor Ihnen stehen diese zwei Fässer und jetzt schauen Sie bitte genau hin!"

Yossi nahm die tote Ziege, die hinter den Fässern auf dem Boden lag. Er hob sie hoch und ließ sie langsam in das vordere Fass gleiten.

Man hörte ein Gurgeln, ein Zischen und dann stieg leichter Rauch auf. Yossi tauchte die Ziege tiefer. Das Zischen wurde lauter. Dann zog er das tote Tier aus dem Fass.

Vom Kopf bis zu den hinteren Läufen war die Ziege praktisch verschwunden. Nur Fetzen des Fells hingen noch am rauchenden Restkadaver.

Yossi ließ den Ziegenrest vorsichtig auf den Boden fallen.

Die beiden Iraner zitterten unkontrolliert. Von den Beinen eines der Gefesselten lief Urin auf den Boden.

„Sehr schön. Sie haben Angst. Genauso wie David Angst hatte. Da ihr ihm aber nicht die Gnade des schnellen Todes gewährt habt, werden wir das auch nicht tun. Eine lebende Ziege wollte ich nicht nehmen, das wäre

Tierquälerei gewesen. Euch aber als Tiere zu bezeichnen, wäre noch zu freundlich. Nun bin ich gespannt, wie es aussieht, wenn ihr langsam in die Fässer eintaucht. Sind es unerträgliche Schmerzen, wenn einem die Füße weggefressen werden? Nun, wir werden es gleich wissen. Zieht sie hoch!"

Trotz der Knebel konnte man das Schreien noch hören. Die beiden Gefesselten versuchten, die Fesseln aufzureißen, aber es war zwecklos.

Während sie hochgezogen wurden, entfernte Yossi den Einsatz mit der Salzsäure aus dem einen Fass. Dann schob er beide Behälter direkt unter die Delinquenten. Etwas fiel von oben in das Fass. Bei einem der beiden Iraner versagten die Schließmuskeln.

Yossi ließ sie noch etwas zappeln, dann nickte er Gil zu. Der löste die Seile und die beiden sausten hinunter und landeten mit Getöse in den Fässern. Als sie auftauchten und merkten, dass es nur Wasser war, zeigte sich kurz etwas wie Erleichterung und Hoffnung. Genau in diesem Moment schoss ihnen Yossi in den Kopf.

„Deckel drauf, in den Hafen und dann aufs Boot. Kippt die Säure hinter dem Leuchtturm aus, aber nehmt die Handschuhe. Die Seile werft ihr ins Meer!"

Dann verließ Yossi das Wärterhaus und ging zum Rand der Klippen.

Der Wind umtoste ihn – bei strahlend blauem Himmel. Was für ein schönes Fleckchen Erde!

42

Abu Bakar war ungehalten.

„Wenn du mir vor vier Jahren erzählt hättest, dass ich jemals eine israelische Fahne hisse, hätte ich dir eine Handgranate zwischen die Kiefer geklemmt!"

Angelos lachte.

„Würde Allah sehen, was du heute tust – er würde dir eine Darmkolik schicken!"

„Wieso? Ich vertreibe Wohlfühl- und Lifestyle-produkte. Bei meinen Produkten lächeln die Menschen. Andere liefern Zeug, bei dem die Menschen weinen!"

„Zum Beispiel?", fragte Angelos.

„Tofu", lautete Abus knappe Antwort.

„Welch passender Vergleich. Abu, hör zu. Du bist auf der Höhe von Rhodos, richtig?"

„Ja. Bis auf die Zähne bewaffnet. Ich war mal Pakistani und konnte Perser noch nie leiden. Heute bin ich natürlich Weltbürger!"

„Weil du deine Drogen an jeden vertickst", sagte Angelos und schmunzelte.

„Gesundheitsprodukte. Mit Kokain hat man jahrzehntelang erfolgreich Menschen behandelt!"

„Ich bin doch deiner Meinung. Aber können wir zum Thema zurück?"

„Zu Befehl, Herr General!"

„Im Moment sind keine Schnellboote zu sehen, auch hier ist es ruhig. Ich habe es mir noch einmal überlegt: ich glaube nicht, dass es vor Mykonos passiert. Ich vermute eher, die Iraner versuchen es auf der Rückfahrt. Müsste ich einen Ort auswählen ...", begann Angelos, wurde aber von Abu unterbrochen:

„ ... würdest du es von Naxos aus probieren, beim Passieren der Nordostküste. Die übliche Passage führt relativ nah am Ufer vorbei. Sie bräuchten nur fünf, sechs Minuten!"

„Ich vergaß, dass das Meer dein Wohnsitz ist", sagte Angelos. „Wichtig ist, dass du mit Festbeleuchtung fährst und verschlüsselte Telefonate mit Israel führst!"

„Wen soll ich denn dort anrufen? Den Mossad?", fragte Abu.

„Wie wäre es mit der Zeitansage? Dann weißt du auch gleich, wie spät es ist", antwortete Angelos und lachte.

„Voraussichtliche Ankunftszeit?", fragte er.

„Der Meltemi bläst uns ins Gesicht. Der Computer sagt 23 Uhr 20. Könnte aber später werden!"

„Sei pünktlich. Es ist dein Hubschrauber und dein Kerosin!"

Es wurde 23 Uhr 24, als Angelos, Yariv und Yossi auf der „Tauris 2" landeten. Es war eine sternenklare, warme Nacht. Die Höhenzüge an der Ostküste von Mykonos konnte man dennoch erkennen. Ein Angriff könnte nur von Süden her erfolgen. Von Elia oder Kalafati aus, aber in beiden Buchten war es ruhig.

„Gut. Dann sorgen wir jetzt für Action. Den Hebekran bewegen und das Blechtonnen-U-Boot ins Wasser lassen. Yossi, du überwachst das Sonar, zur Sicherheit!"

„In Ordnung. Sollten wir nicht noch einmal die Waffen überprüfen?"

Angelos nickte, zog aber Abu zur Seite.

„Planänderung. Werden wir attackiert, übernimmt eine Fregatte der Marine", sagte Angelos.

Abu verzog das Gesicht.

„Wozu brauchen wir die denn? Wir haben bisher alles selbst regeln können. Feuerkraft haben wir genug. Aber lass mich raten: der Vorschlag kam von deinem Mann!"

„Sagen wir es so: er hat es empfohlen", sagte Angelos.

„Was ist aus dem Adrenalin-Junkie Angelos geworden? Der hatte alle drei Monate das Verlangen nach einer heftigen Schießerei!"

„Der alte Angelos machte einfach, was er wollte. Jetzt hat er einen Hausdiktator", sagte Angelos.

„Glaubt man kaum, wenn man den ,Kleinen' sieht", knurrte Abu Bakar.

„Keine Sorge. Du und dein Handelsunternehmen werden noch für genug Ärger sorgen, so dass dein Spaßbedarf mit Sicherheit gedeckt wird!"

„Weiß es Yossi schon?", fragte Abu.

Angelos schüttelte mit dem Kopf.

„Er wird nicht begeistert sein!"

„Seinen Krieg soll er woanders führen. Ich helfe ihm, aber Mykonos ist nicht der richtige Ort für Rache oder Exempel!"

Aber das sah Yossi anders.

„Wann dachtest du daran, mich zu informieren, dass du die weiße Fahne hisst? Ich dachte, du bist auf unserer Seite?"

Angelos´ Blick wurde eisig.

„Das ist also der Dank? Gut zu wissen. Das hier ist nicht der Nahe Osten. Fünf Tote. David, die zwei Tauchlehrer und die zwei Iraner aus dem Leuchtturm. Wen ich das Ganze ohne weitere Opfer beenden kann, tue ich es. Wenn es erforderlich ist, schießen wir zurück. Aber nur dann. Im Übrigen dient der ganze Aufwand nur einem Zweck: die Iraner zu täuschen und euch die Box zu überlassen. Also unterstehe dich, meine Freundschaft anzuzweifeln, nur weil ich euren Blutrausch nicht mitmache!"

„Blutrausch?", fragte Yossi empört.

„Du hast schon richtig gehört. Ihr alle seid so gefangen in eurem Hass, dass ihr nicht mehr klar denken könnt. Vielleicht sollte der Nahe Osten mehr ficken", sagte Angelos.

Es dauerte, bis Yossi anfing zu lachen.

„Im Übrigen Kompliment dafür, wie haarscharf du meine Bedingung ‚Kein Blut auf meiner Insel' befolgt hast. Die Idee mit den Fässern war gut, aber gleichzeitig naiv. Hast du geglaubt, ich erfahre nicht, wenn im Hafen zwei Fässer auf eine Yacht gebracht werden? Auf Mykonos wird der Champagner in Kisten angeliefert. Niemand verlädt alte Fässer auf ein Boot – und wenn, wären sie aus hochpoliertem Stahl mit Swarovski-Steinen!"

„Diese Insel ist ein Polizeistaat", sagte Yossi mit breitem Grinsen.

„Wäre es so, säßest du in der dunkelsten Zelle", antwortete Angelos. „Können wir uns jetzt bitte um die Show kümmern?"

„Und wie sieht die konkret aus?"

„Wie besprochen. Aktivität. Da keine Drohne im Einsatz ist, gibt es nur Sat-Bilder, die aber nachts nicht sonderlich gut sind. Wir lassen die Attrappe mit dem Licht zu Wasser. Dann brauchen wir Gespräche mit Tel Aviv. Die können ruhig halb offen sein. Yariv hat eines der Bergungsunter-nehmen angerufen und gefragt, wie lange die Bergung einer Kiste in sechzig Meter Tiefe dauern würde. Sie meinten vier bis sechs Stunden. Also brauchen wir fünf. Heißt: wir legen um 04 Uhr 40 ab. Das Rendezvous mit der Fregatte ist um 04 Uhr 50 auf See. Bis dahin sollten wir dennoch aufpassen. Kümmere du dich um das Sonar", sagte Angelos.

„Aber man wird Fragen stellen. In der Marine, auf Naxos – wenn es denn knallt", gab Yossi zu Bedenken.

Angelos schüttelte den Kopf.

„Nein. Es ist eine Nachtübung. Durch die Schiffe, die türkische Waffen nach Libyen bringen, klingt das glaubhaft!"

„Und eventuelle Leichen verschwinden im Meer?"

Angelos grinste.

„Wir stecken sie in Tonnen und du nimmst sie mit nach Israel!"

Yossi druckste herum.

„Das dürfte schwierig werden!"

„Warum?"

„Weil wir die anderen beiden vor dem Privathaus des Residenten des iranischen Geheimdienstes abgestellt haben. In Athen."

Angelos schaute entgeistert.

„Das Wort Deeskalieren gibt es wohl nicht im Hebräischen. Ihr habt alle einen Dachschaden. Wie soll ich das dem Premier erklären?"

„Es sind die Männer, die auf griechischem Boden drei Menschen getötet haben – schon vergessen?"

„Nein. Aber Täter werden bei uns nicht gepökelt. Herrgott. Migiakis wird mir nicht glauben …", sagte Angelos. „Keine kreativen Einfälle mehr, verstanden?"

43

Wie erwartet, blieb es ruhig. Um 04 Uhr 40 legte die „Tauris 2" ab – mit der Kopie der gelben Box, die unten auf dem Meeresgrund lag. Die Russen transportieren das

Uran seit 50 Jahren in den gleichen gelben Kisten, wie Yossi wusste. Zwar könnte man sie ohnehin bei Dunkelheit nicht sehen …

„Aber wenn wir Theater spielen, dann richtig", sagte Angelos.

Um 04 Uhr 50 nahm Angelos Kontakt zu der Fregatte auf, zur Sicherheit über das gesicherte Handy.

„Hier spricht die ‚HM Psara' ‚Kapitänleutnant Tsimiski'. Herr Nikakis?", fragte eine tiefe Stimme.

„Ja. Schön, dass Sie da sind. Wir erwarten die ungebetenen Gäste nordöstlich von Naxos. Unser Computer sagt uns, dass wir gegen 6 Uhr 10 in dem Bereich sind. Wo sind Sie?", fragte Angelos.

Der Offizier auf der ‚Psara' lachte.

„Eine Seemeile hinter ihnen, aber wir fahren abgedunkelt – wie bei einer richtigen Übung!"

„Äh, eine Übung mit ein bisschen Feuerwerk", ergänzte Angelos. „Wir müssten die Boote gleichzeitig sehen. Wir mit den Nachtsicht-geräten, Sie mit dem Sonar!"

„Richtig. Was sollen wir dann tun? Zu mir wurde gesagt, ich solle Ihren Befehlen Folge leisten!"

Angelos grinste innerlich. Es ist doch von Vorteil, wenn man mit dem Premierminister befreundet ist.

„Zuerst Leuchtraketen. Sollten die trotzdem Kurs halten, schießen Sie scharf, aber bitte knapp daneben", sagte Angelos.

„Wie bitte?", fragte Tsimiski. „Daneben?"

„Wenn es möglich ist. Gegen Schiffskanonen sind unsere Freunde chancenlos und sie werden sich zurückziehen. Auch Iraner wollen leben. Der Premier will keine Leichen, vor allem keine Verletzten!"

„Wieso sind Verletzte schlimmer als Leichen?"

„Weil man Leichen beseitigen könnte, Verletzte müssen in irgendein Krankenhaus. Dann brauchen Medien fünf Minuten, um eine Verbindung zu der angeblichen Übung zu erkennen", sagte Angelos.

„Ich kann aber nicht garantieren, dass wir niemand verletzen", sagte Tsimiski.

„Dann gilt: Shit happens. Sie agieren selbständig, wenn Sie die Boote zuerst sehen", sagte Angelos.

„Nur uns sollten Sie nicht treffen. Ich hoffe, Ihr Richtmatrose ist nüchtern?"

Stille.

„Das war ein Scherz", fügte Angelos hinzu.

„Bei der Marine scherzen wir nicht. Befehl angekommen. Ende!"

Gegen 6 Uhr 15 gingen bei der Polizei Naxos mehrere Anrufe ein, östlich von Naxos wären zuerst grelle Lichtblitze gesehen und dann ein Knallen und Pfeifen zu hören gewesen.

Die Polizei beruhigte die Anrufer, es sei eine einzelne Gewitterzelle und es gäbe keinen Grund zur Beunruhigung.

Nur Café-Besitzer Varoufakis schenkte dem keinen Glauben.

„Ich war bei der Marine. Das waren Schiffskanonen. Bestimmt haben die Jagd auf ein türkisches Schiff gemacht. Und hoffentlich haben sie getroffen!"

44

Wie ferngesteuert betraten Angelos, Yariv und Yossi das Haus in Ornos. Angelos warf die Espresso-Maschine an.

Als die drei die Tassen vor sich stehen hatten, sagte Yossi:

„Ich bin zu müde, um eine Dankesrede zu halten. Im Moment muss ein ‚Toda raba' genügen. Das war eine reife Leistung von dir!"

„Das war ich nicht allein", sagte Angelos und deutete auf Yariv.

„Entschuldige, Yariv!"

Doch der schüttelte den Kopf.

„Nein. Du hast recht, Yossi. Der Fall war ein Gemälde von Angelos Nikakis. Vom Spannen der Leinwand bis zum Auftragen des Firnisses. Aber das weiß er selbst!"

Yossi schmunzelte.

„Ich muss zum Flughafen, sonst verkauft mein Premierminister das Ganze wieder als eigenen Erfolg!"

„Mich lässt du bitte aus dem Spiel", sagte Angelos. „Komm, Kleiner. Ich muss ins Bett!"

Im Schlafzimmer riss Yariv sich die Kleider vom Leib und warf sich auf das Bett.

Kurz bevor er wegnickte, hörte er ein Schnauben. Eine Sekunde später lag Angelos auf ihm.

„Ich dachte, du bist müde", sagte Yariv und lachte.

„Ich bin todmüde, aber er nicht", flüsterte Angelos Yariv ins Ohr.

„Aber was machen wir, wenn meine Pobäckchen ruhebedürftig sind?", fragte Yariv.

„Das glaube ich nicht. Ich höre sie schon applaudieren!"

Yariv lachte.

„Die Schranke ist oben und gleich fährt der Schnellzug über mich drüber!"

„Nein. Es wird eher ein Güterzug, und zwar ein ganz langer!"

Zehn Stunden später lagen Angelos und Yariv auf der Terrasse, als es an der Haustür läutete.

Als Angelos die Türe öffnete, standen dort Eli und eine dunkelhaarige Schönheit mit langem, pechschwarzem Haar und den dunkelsten Augen, die Angelos je gesehen hatte.

„Hallo, Angelos. Das ist meine Schwester Sara. Wir wollten dir persönlich danken. Ohne dich wären wir vielleicht beide tot!"

„Nun übertreibt nicht. Kommt rein – oder besser raus, denn wir sitzen draußen", sagte Angelos.

Als Angelos Sara genauer betrachtete, sah er ihn. Den Schatten des Traumas.

„Wie kommst du damit zurecht?", fragte Angelos.

„Es ist schwer. Ich habe nur noch Alpträume", sagte Sara.

„Ich will direkt sein: bist du vergewaltigt worden?", fragte Angelos, worauf Eli die Augen verdrehte und Sara schwieg – mit gesenktem Blick.

„Du bist Opfer und darfst keine Scham zulassen. Und ich weiß, warum ich das sage!"

„W-was meinst du damit?", fragte Eli.

„Angelos meint, dass er selbst vergewaltigt wurde. Drei Männer. Und sie haben ihn zusätzlich noch gefoltert", sagte Yariv.

Eli stand der Mund offen.

„Ich konnte hinterher mit niemand reden, weil ich mich schämte. Aber wofür? Schämt sich ein Opfer eines Raubüberfalls? Nein. Nur weil es um etwas Sexuelles geht – und weil man Vergewaltigungen jahrhundertelang verschleiert hat. Aber die Scham zerstört dich. Bei mir war es knapp und ich habe drei Jahre wie in Trance gelebt. Bis ich Alex fand, der mich mit Geduld und Liebe wiederhergestellt hat. Und dafür werde ich ihm ewig dankbar sein!"

„Treue und Dankbarkeit bis über den Tod hinaus?", fragte Eli.

„Ja. Aber Sara, du darfst nicht so lange warten. Werde wütend, ja, aber gib nicht dir die Schuld – das ist absurd. Außerdem würde ich dir zu einem Ortswechsel raten. Zwar wirst du nie mehr nach Gaza fahren, aber die ganze Umgebung ist zu gewalttätig. Geh für ein Jahr nach Berlin oder London. Abstand hilft! Ich bin drei Tage nach der

Tat zu meinem Chef, habe ihm alles erzählt und wurde sofort nach Saloniki versetzt", erklärte Angelos.

Sara nickte.

„Das habe ich mir auch schon überlegt!"

„Aber du bist nicht alleine mit Schuldgefühlen. Habe ich recht, Eli?"

„Natürlich", antwortete Eli knapp.

„Ich denke, du bist nicht nur gekommen, um uns Sara vorzustellen. Ich glaube, du möchtest etwas Bestimmtes tun. Richtig?"

Eli senkte den Blick.

„Du möchtest dich in das Erdloch einsperren lassen, in dem David lag. Indem du dasselbe durchmachst wie er, glaubst du, besser damit zurechtzukommen", sagte Angelos.

„W-woher weißt du das?", fragte Eli.

„Weil mein Mann ein Sensibelchen ist und sich überlegt hat, was er denn tun würde", sagte Yariv.

„Aber es ist verrückt", sagte Sara laut. „Bitte rede ihm das aus!"

Angelos schüttelte den Kopf.

„Eli trägt die Schuld und muss mit ihr zurechtkommen. Wenn es ihm hilft …!"

Eli nickte dankbar.

„Und du, Sara, bleibst solange bei uns. Du darfst aber nicht erschrecken, denn wir laufen mitunter nackt durch das Haus", sagte Angelos.

„Keine Sorge, das wird nicht passieren. Für einen Tag werden wir es schaffen, Shorts anzuziehen. Ich denke, das Letzte, was Sara sehen möchte, sind männliche Geschlechtsteile, vor allem keine …", begann Yariv.

„Schon begriffen. Danke", knurrte Angelos.

45

Angelos, Yariv und Eli standen auf der Kuppe. Jener Kuppe, von der aus Yanis das Geschehen beobachtet hatte.

„Scheiße. Musste das unbedingt zur gleichen Uhrzeit sein? Ich weiß noch nicht mal, wie ich heiße", knurrte Angelos.

Aber Eli zitterte am ganzen Körper.

„Immer noch sicher?", fragte Yariv.

Eli nickte.

„Es muss sein, sonst läuft das Geschehene in Endlosschleife in meinem Gehirn!"

Sie gingen bergab, bis sie die Stelle erreichten.

Die Straße war noch immer abgeriegelt und die Stahlplatte lag noch am selben Ort, neben dem Loch.

Acht Tage ist es her, dachte Angelos. Acht endlose Tage.

„Bereit?", fragte Angelos, aber Eli war schon in das Loch gesprungen.

„Keine Sorge. Es finden keine Bauarbeiten statt und Regen ist nicht gemeldet", sagte Angelos.

„Zur Not erreichst du uns übers Handy", sagte Angelos.

„Nein. David hatte auch keins", erwiderte Eli und warf sein Handy hoch.

Angelos sah Yariv an, aber der zuckte nur mit den Schultern.

„Das sind 28 Stunden", gab Angelos noch einmal zu Bedenken.

„Und ich bleibe nicht eine Minute weniger", antwortete Eli und setzte sich hin.

„Legt bitte die Platte auf!"

„Hoffentlich hilft es. Das Schwierige wird sein, Sara ruhig zu stellen", sagte Angelos.

„Deswegen meine Bitte, ihr nicht zu sagen, wo die Stelle ist. Passt auf sie auf. Und jetzt los!"

Dann legten Angelos und Yariv die Platte auf die Holzbalken.

Auf der Rückfahrt nach Ornos fragte Yariv plötzlich:

„Und was hast du nun gelernt?"

„Ich verstehe nicht, was du meinst", sagte Angelos.

„Manchmal erreicht man mehr durch Reden als durch Gewalt. Als du Yossi bei Elis Verhör aus dem Haus geworfen hast, wusste Eli, dass es kein Rollenspiel war und er dir vertrauen kann. Sonst hätte er die Geschichte nicht erzählt. Und durch deinen verständnisvollen Umgang hast du ihm und Sara das Leben gerettet!"

„Soll das ein Lob sein?", fragte Angelos grinsend.

„Ungern, aber ja. Als wir das Haus am Leuchtturm verlassen haben, bin ich vor Stolz fast geplatzt. Außerdem glaube ich nicht, dass irgendjemand schon mal dem israelischen Geheimdienstchef einen Platzverweis erteilt hat", sagte Yariv und lachte.

„Aber das bleibt das einzige Lob. Du hast nur das getan, was deiner Intelligenz und deinem Charakter entspricht. Hoffentlich kann ich jetzt endlich mal in Ruhe malen und dann die Skulptur angehen!"

„Ich dachte, das mit der Skulptur war ein Scherz", sagte Angelos überrascht.

„Mitnichten, Großer!"

„Du machst mich zum Gespött!"

„So ein Unsinn. Delos ist voller Symbole für Erotik und Potenz. Warum soll das einen Kilometer entfernt nicht mehr attraktiv sein?"

„Die Modelle für die Penisse auf Delos sind seit 2000 Jahren tot. Die kümmert´s nicht", sagte Angelos.

„Stell dir vor, wie viele Touristen ein Foto machen werden, mit deinem besten Stück im Mund. Dir wird von Tausenden einer geblasen", sagte Yariv und lachte.

„Eine Bedingung: du machst eine zweite Skulptur mit deinem Knackarsch", meinte Angelos.

„Kein Problem. Und dann machen wir ein Glockenspiel draus. Jeden Tag um Mitternacht schieben sich die beiden Skulpturen zusammen. Das wird ein Riesenspaß!"

Yariv bekam einen Lachanfall.

„Super Idee. Ich sehe schon das begeisterte Gesicht von Pater Nikolaos", sagte Angelos.

46

Didoma, Sechs Monate später

Eyal Galosi saß in seinem Büro im fünften Untergeschoss der israelischen Atomanlage in Didoma und konnte nicht glauben, was auf dem Blatt Papier stand.

Die Kommunikation nach und innerhalb von Didoma lief fast ausschließlich per Papier.

Zettel können nicht gehackt werden und jeder hier in den Untergeschossen hatte ein feuerfestes Gefäß zum Verbrennen von Nachrichten.

„DHL stellt Ihnen das Paket Nr. 4 in vier/fünf Tagen zu!"

Paket 4 war die Box aus dem Schiffswrack auf Mykonos. Sie haben es also doch geschafft.

Nein. Sie geben kein genaues Datum an, was bedeutet: die Aktion steht erst unmittelbar bevor. Die Lagerung von Uran muss vorbereitet werden. Man kann die Box nicht einfach in einen Stauraum stellen.

Galosi schmunzelte. Zwar kannte er die Geschichte nur in Fragmenten, dennoch hatte er Hochachtung vor den Beteiligten.

Gut. Ich muss also sofort etwas unternehmen.

Galosi ging den Korridor entlang zum Büro seines Chefs.

„Ari, ich muss schnell weg. Meiner Mutter geht es nicht gut!"

„Dann solltest du schnell hinfahren", knurrte Ari und winkte ihn hinaus.

Auf der Fahrt nach Eilat rang Galosi mit sich. Es würde wohl die letzte Fahrt sein.

Nach einer Stunde erreichte er das Royal Beach Hotel und checkte ein. Ein Handcase hatte er immer im Auto.

Im Zimmer setzte er die Perücke auf und überschminkte die Ränder. Mit Kontaktlinsen verließ er das Hotel und fuhr zum Grenzübergang nach Tara. Die israelischen Grenzbeamten interessierten sich mehr für das Auto als für den Fahrer, die ägyptischen Kontrolleure winkten ihn gar durch.

Galosi fuhr zwei Kilometer geradeaus und bog dann nach links ab, hinunter zum steinigen Strand. Er setzte sich hinter den großen Felsen.

Es dauerte zwanzig Minuten, bis ein zweiter Mann mit Tauchausrüstung kam. Jeder würde ihn für einen Touristen halten. Und da manche Menschen genant sind, war auch das Verschwinden hinter dem Felsen nichts Auffallendes.

„Was ist so dringend, dass ich dieses Risiko eingehen musste?", fragte der vermeintliche Taucher.

„Wir bergen in den nächsten 48 Stunden die Box vor Mykonos. Eher 24, denn die Fahrt nach Haifa und dann der Transport nach Didoma erfordern drei Tage. Auf alle Fälle eilt es", sagte Galosi. „Und noch eines: für mich gibt es kein Zurück. Es ist zu gefährlich! Und Ihnen sage ich eines: sie sollten es nicht auf Mykonos versuchen. Sie holen sich nochmal eine blutige Nase. Machen Sie es auf dem Weg von Haifa hierher. Im Land rechnet keiner damit. Sicher, es wäre ein Coup, aber nicht undenkbar!"

Der vermeintliche Taucher überlegte.

Ari hatte recht. Wir wurden vorgeführt und der angebliche Inselkommissar hatte uns die größte Blamage seit Jahren verpasst. Aber in Israel?

Gott sei Dank muss ich das nicht entscheiden.

„In Ordnung. Das Geld liegt auf deinem Konto in Bahrain. Wir bringen dich morgen hin, zunächst in eine sichere Wohnung!"

Galosi lächelte gequält.

„Ich befürchte, sie ist nicht sicher genug, als dass sie mein Arbeitgeber nicht findet!"

Der Mann zuckte mit den Schultern.

„Das ist das Schicksal aller Verräter. Sie müssen sich den Rest ihres Lebens umdrehen!"

Der nächste Band:
SCHLÄFER –
MÖRDER UNTER UNS

Kommissar Angelos Nikakis hat gleich zwei haarige Fälle zu lösen: in Saloniki explodiert eine Bombe und vor Mykonos werden auf einer Party-Yacht vier leblose Körper gefunden, allerdings ohne jegliche Verletzungen. Mysteriös – und nur langsam lassen sich die Fäden verbinden. Mit einer schlimmen Vermutung: Der Täter lebt seit Jahren auf der Insel. Ein Schläfer.

VORSCHAU

MYKONOS CRIME 26

SMYRNA – Das todbringende Gemälde

Yariv entdeckt In Klein-Venedig ein Gemälde in einer Kunstgalerie, das dort nicht hängen dürfte, denn es ist vor 100 Jahren zerstört worden. Am folgenden Tag ist der Inhaber der Galerie tot. Mit Yarivs Hilfe, selbst Künstler, taucht Kommissar Angelos Nikakis in die Kunstszene auf Mykonos ein. Bald findet er heraus, dass jeder, der das Bild besaß, einen gewaltsamen Tod fand.

Paul Katsitis – Lebendig begraben 24

Ein Anrufer behauptet, unter einer frisch asphaltierten Straße auf Mykonos läge ein lebendig begrabener Mann. Kommissar Angelos Nikakis hat erst seine Zweifel – und scheut die Kosten. Als er sich doch dazu entschließt, die Straße aufreißen zu lassen, zeigt sich: in einer Kammer darunter liegt tatsächlich eine männliche Leiche. Damit nicht genug: im Magen des Toten findet sich eine SIM-Card.

Paul Katsitis – Sisa 23

Drogen und Mykonos ziehen sich wie Magnete gegenseitig an. Da der Effekt nicht zu stoppen ist, hat Kommissar Angelos Nikakis mit dem größten Drogenhändler der Ägäis, Abu Bakar, ein Abkommen getroffen: keine gestreckte Ware, begrenzte Menge, keine Lieferung an Jugendliche und keine Gewalt auf der Insel. Im Gegenzug drückt Angelos beide Augen zu, auch weil er die übliche Drogenpolitik für Heuchelei hält. Seit drei Jahren gab es keine Drogentoten mehr – der Deal funktioniert. Doch nun taucht ein neuer Player auf, der das Monopol mit Gewalt brechen will. Beim Angriff auf Abus Yacht wird diese zerstört und Abu schwer verletzt. Angelos hilft Abu, denn er will Ruhe auf Mykonos – doch die Rechnung bezahlt Angelos´ Ehemann Yariv.

Paul Katsitis – Pontifex 22

Das Oberhaupt der orthodoxen Kirche, Hieronymus, besucht Mykonos. Ein unangenehmer Termin für den schwulen und atheistischen Bürgermeister und Kommissar Angelos Nikakis.

Während des Besuchs wird der Staatssekretär des Metropoliten ermordet aufgefunden.
Hieronymus bittet Angelos um Hilfe, denn es geht nicht nur um einen Mord, sondern um die schiere Existenz der griechischen Kirche. Ein Pergament aus dem 4. Jahrhundert stellt deren Zukunft infrage.

Paul Katsitis – Yariv 21

Mykonos im Juni: gähnend leer, dank Corona. Nach der Öffnung der Insel ist es vorbei mit der erzwungenen Ruhe: im Haus eines hoch-rangigen Politikers wird eine tote Frau gefunden.
Und Kommissar Angelos Nikakis hat noch ein weiteres Problem: sein Kollege Yariv wird bei einem Einsatz in Athen schwer verletzt.

Paul Katsitis – Darknet 20

An der Uferpromenade mitten in Mykonos-Stadt wird die Leiche eines jungen Mädchens gefunden, das niemand kennt. Gefoltert und vergewaltigt.
Als ein zweites Opfer gefunden wird, vermutet Kommissar Angelos Nikakis, dass er

es mit einem Pädophilenring zu tun haben könnte. Zusammen mit seinem Athener Kollegen Yariv Markaris, einem Darknet-Spezialisten, nimmt er die Spur auf. Er stößt dabei auf Beteiligte, die aus den höchsten Kreisen in Athen stammen und die ihre eigene „Flüchtlingspolitik" verfolgen.

Paul Katsitis – Carneval 19

Carneval in Griechenland? Bestimmt nicht, denken viele. Von wegen: Rosenmontag ist einer der wichtigsten Feiertage. Doch auf Mykonos wird Carneval gestört: in der Nähe von Kalafati wird ein Motorradfahrer tot aufgefunden. Obwohl der Kopf abgetrennt wurde, gelingt es Kommissar Angelos Nikakis schnell, ihn zu identifizieren: das Opfer ist ein Emirati, Landsmann von Angelos' Ehemann Khaled. Zufälle gibt es nicht, sagt Angelos immer – und leider behält er Recht.

Paul Katsitis – Tödliche Libido 18

Auf einem Kreuzfahrtschiff wird ein 19-jähriger Steward vermisst.
Kommissar Angelos Nikakis nimmt den Fall zunächst nicht ernst. Der Junge macht sich

auf Mykonos ein paar schöne Tage', denkt er. Und es gibt keine Leiche.

Doch er täuscht sich. Eines Abends besucht ihn der Premierminister, Antonis Migiakis, der mit Angelos befreundet ist und gesteht, dass der junge Pavlos sein heimlicher Liebhaber war.

Kurz darauf melden sich die Entführer – und die Forderungen haben es in sich. Angelos muss den Jungen finden, sonst ist Migiakis politisch erledigt.

Und zur Lösung des Falls braucht er die Hilfe eines altbekannten Drogenbarons: Abu Bakar.

Paul Katsitis – Botschafter 17

Kommissar Angelos Nikakis und sein Partner Khaled retten ein Kind vor dem Ertrinken. Es ist zufällig der Sohn des israelischen Botschafters. Aus Dankbarkeit wird der Botschafter der Trauzeuge von Angelos und Khaled. Einen Tag später zerreißt eine Bombe dessen Wagen. Was zunächst nach einem Terrorakt aussieht, entpuppt sich als ein Geflecht aus Kunstdiebstahl, Verschwörung und Mord. Und Kommissar Nikakis muss tief in der Vergangenheit wühlen.

Paul Katsitis – Spione 16

Ein russischer Überläufer soll über Mykonos in den Westen geschleust werden. Auf der Kykladen-Insel soll er sich in einer der zahlreichen Schönheits-kliniken eine gesichtsveränderte Operation unterziehen. Kommissar Angelos Nikakis soll den Agenten während des Aufenthaltes schützen. Kein größeres Problem, denkt er. Bis plötzlich drei Geheimdienste auf der Insel am Werke sind. Und sich letztlich Angelos´ Leben für immer verändert.

Paul Katsitis – Khaled 15

Eine Explosion auf Delos töten einen Archäologen. Das erste Rätsel für Kommissar und Bürgermeister Angelos Nikakis. Das zweite Rätsel hingegen – wen er denn nun liebt – löst sich: er trennt sich von Alex und zieht zu Kronprinz Khaled. Doch zwei Tage später wird dieser von einem Attentäter niedergeschossen

Paul Katsitis – Trauma 14

Chefermittler und Bürgermeister Angelos
Nikakis glaubt es zunächst nicht: auf der
trockenen Insel Mykonos soll ein Golfplatz
errichtet werden. Als Nikakis den Investor
trifft, glaubt er ihn zu kennen. Bevor er sich
erinnert, ereignen sich zwei Morde.
Angelos´ Ehemann Alex findet
währenddessen heraus, woher Angelos den
Investor kennt.
Bald geschieht ein dritter Mord. Und der
Täter ist Alex.

Paul Katsitis – Royals 13

Zehn Seemeilen entfernt von Mykonos wird
ein großes Gasfeld entdeckt. Bürgermeister
und Kommissar Angelos Nikakis greift zu allen
(auch illegalen) Tricks, um Bohrtürme in der
Ägäis zu verhindern.
Als dann eine Prinzessin des Emirats Katar
während eines Besuchs auf Mykonos
entführt wird, scheint es zunächst nicht so,
als würde ein Zusammenhang bestehen.
Wenige Tage später ist die Prinzessin tot –
und Angelos Nikakis sitzt im Gefängnis.

Paul Katsitis – Der Putsch 12

1967 putscht in Griechenland das Militär. Hellas und auch Mykonos ächzen unter der Diktatur.
52 Jahre später gibt es wieder einen Regierungswechsel in Athen. Doch die Ereignisse von damals werfen ihre späten Schatten.
Ein Flugzeugabsturz und Kommissar Angelos Nikakis sorgen dafür, dass es zu einem politischen Erdbeben kommt.

Paul Katsitis – Glut 11

Der Alptraum aller Chora-Bewohner wird wahr. Ein Großbrand wütet in den engen Gassen der Stadt. Eine knifflige Aufgabe nicht nur für die Feuerwehr, sondern auch für Kommissar und Bürgermeister Angelos Nikakis. Denn in einem Haus findet man eine Leiche. Ein Brandopfer, denken viele. Doch sie wurde erschossen. Drei weitere Morde und der Wiederaufbau lassen Angelos kaum Zeit Luft zu holen.

Paul Katsitis – Abseits 10

Im Stadion von Mykonos wird die Leiche eines Mannes gefunden. Da der Mann Fan von Olympiakos Piräus war, geraten alle Anhänger des Konkurrenzvereins Panathinaikos Athen in Verdacht. Die Indizien lassen zunächst keine andere These zu und der Hass zwischen beiden Lagern ist tatsächlich so groß, dass auch ein Mord im Bereich des Möglichen liegt.
Doch als Kommissar Angelos Nikakis in die Welt der Spielerscouts eintaucht, stellt er fest, dass es um ganz andere Dinge ging: um Menschen-handel, Pädophilie und natürlich eine Menge Geld!

Paul Katsitis – Sturm über Mykonos 9

Paul Katsitis – Die Maske 8

Nach einem Banküberfall erschießt Alex einen der Räuber auf der Flucht. Da er ihn ohne Vorwarnung in den Rücken geschossen hat, steht er bald unter Anklage. Im Schatten des Prozesses gelingt es einem neuen, besonders brutalen Drogenhändler, genannt „Máská", sein Netzwerk auszubauen. Und er zögert auch nicht, als sich ihm die Gelegenheit bietet, Kommissar a.D. Angelos Nikakis aus dem Weg zu räumen.

Paul Katsitis – Hass 7

Es ist ein besonderer Fall für die beiden Ermittler Alex und Angelos Nikakis. Die Leiche eines jungen Mannes wird in den Dünen gefunden. Am und im Körper des Toten findet sich die DNA von Angelos.
Er wird verhaftet.

Paul Katsitis – Skalpell 6

Am Strand von Ornos wird eine Frauenleiche gefunden. Es ist die Tochter des Bürgermeisters. Der Leiche fehlen Nieren und Leber.
Doch es geht bei der Mordserie nicht nur um Organe, wie die beiden Ermittler Alexandros und Angelos Nikakis bald feststellen. Es existiert ein komplexes Netzwerk, das verschiedene kriminelle Felder abdeckt, und so mancher Inselbewohner ist darin verstrickt.

Paul Katsitis – Inzest 5

Ein Bräutigam, der sich am Tag der Hochzeit vom Balkon stürzt und eine Mädchenleiche in einer Wagenpresse. Zwei Fälle für die beiden Ex-Kommissare Alex und Angelos Nikakis Zwei Fälle, die sich nach und nach aufeinander zu bewegen.

Paul Katsitis – Der-Drei-Sterne-Mord 4

Im besten Restaurant der Insel wird der Chefkoch, ehemals Leibkoch Gaddafis, mit durchschnittener Kehle aufgefunden. Ein schwieriger Fall für Alex und Angelos, zumal die eigene Familie mit beteiligt ist. Der Fall erfährt eine erstaunliche Wendung, als die beiden Ermittler erfahren, dass der britische Außenminister Mykonos besucht – auf dem Landsitz des griechischen Premierministers.

Paul Katsitis – Tattoo 3

Zwei Highlights stehen auf dem Programm des Wochenendes: ein hochdotiertes Beachvolleyball-Turnier und die Eröffnung der ersten Spielbank auf der Insel.

Nicht ins Programm passen zwei Tote: ein 19-jähriger Junge und einer der Beachvolley-ballspieler. An dessen „natürlichem Tod" haben die Ermittler Alex und Angelos so ihre Zweifel.

Paul Katsitis – Rache 2

Im Kloster Ano Mera auf Mykonos wird ein Priester tot aufgefunden, dessen Leiche übel zugerichtet ist. Es sieht nach einem Rachemord aus – doch wofür?

Paul Katsitis – Die Bestie von Mykonos 1

Zwei Kriminalbeamte, Alexandros und Angelos, quittieren den Dienst und eröffnen gemeinsam auf Mykonos eine Bar. Nebenher betreiben sie eine kleine Privat-Detektei. Da die Polizei chronisch unterbesetzt ist, werden Alex und Angelos – wegen ihrer Erfahrung - regelmäßig hinzugezogen.
Mykonos ist in Aufruhr. Offensichtlich foltert, vergewaltigt und tötet ein Mann junge Touristen. Um ihn zu stellen, bleibt nichts anderes übrig, als dass Angelos den

Lockvogel spielt – mit furchtbaren
Konsequenzen ...

.

Weitere Mykonos-
Bücher

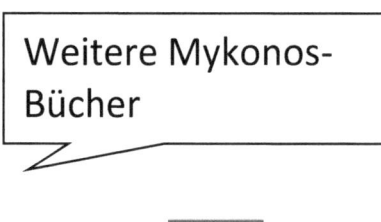

Mykonos LOVE STORY
Von Michael Markaris

„Die Mykonos Love Story 1-11" von Michael
Markaris.
Kommissar Pandis hat mit 53 sein Coming-Out
und verliebt sich in den 29-jährigen Angelos.

Bisher erschienen:
Mykonos Love Story 1
Mykonos Love Story 2 – Das goldene Ei

Mykonos Love Story 3 – Morgenröte über
Mykonos
Mykonos Love Story 4 - Mykonos Speed
Mykonos Love Story 5 – Rape-Vergewaltigung
Mykonos Love Story 6 – Der rosa Leopard
Mykonos Love Story 7 – Rückkehr der Leoparden